冷酷

不敵刑事《デカ》

南　英男
Minami Hideo

文芸社文庫

目次

第一章　葬《ほうむ》られた情報屋

1

女が浴室に消えた。

高級娼婦だ。二十三、四歳だろう。

彫りの深い美女で、その肢体《したい》は肉感的だった。抱き心地は悪くなさそうだ。

土門岳人《どもんがくと》はにたつきながら、ラークに火を点《つ》けた。

赤坂見附《あかさかみつけ》にあるシティホテルの一室だ。ツインベッドルームだった。十五階である。

十一月下旬のある夜だ。凩《こがらし》が吹きすさび、外は肌寒い。

だが、部屋の中は汗ばむほど暖かかった。八時を五分ほど回っていた。

三十七歳の土門は、警視庁組織犯罪対策部第四課の暴力団係刑事である。いわゆるマルボウだ。職階は警部補だが、未《いま》だに主任にもなっていない。

出世が遅れているのは、それなりの理由があった。

土門は凶暴な性格で、まるで協調性がない。警察は軍隊並《なみ》の階級社会だ。上司の命令には絶対に服従しなければならない。

しかし、土門は平気で上司に逆《さか》らう。それどころか、堂々と悪態《あくたい》もつく。唾《つば》を吐いたことさえある。

そんなふうに傍若無人《ぼうじゃくぶじん》に振る舞えるのは、切札を握っていたからだ。土門は、上層部の警察官僚《キャリア》たちの不正やスキャンダルの証拠を押さえていた。

警察は法の番人であるはずだが、その腐敗ぶりは隠しようがなかった。政界や財界の圧力に屈《くっ》することは日常茶飯事だし、警察官たちの不祥事も跡を断《た》たない。

レイプ殺人、窃盗、恐喝、傷害、詐欺、銃刀法違反、覚醒剤《かくせいざい》常習などで逮捕された者は数多い。毎年、懲戒免職者が七、八人はいる。

交通事故の揉《も》み消しを引き受ける現職警察官も少なくない。暴力団や風俗営業店に捜索情報を流して、見返りに金品を受け取っている刑事もたくさんいた。

また、警察内部ではいまも裏金づくりが行われている。そのことは、もはや公然たる秘密と言えよう。浮いた金を餞別《せんべつ》や慰労会の費用に充《あ》てているわけだ。

警察官がその気になれば、身近に内部告発の材料はいくらでも転がっている。だが、約二十九万七千人の警察官・職員の大半は端《はな》から告発する気などない。青臭《あおくさ》い正義感に駆られて内部告発をしたら、閉鎖的な管理社会から爪弾《つまはじ》きにされてしまうからだ。

職場を追われるだけでは済まない。場合によっては、再就職活動も邪魔される。そんなことで、大多数の者が警察権力の堕落《だらく》ぶりに目をつぶっている。

土門も三十代の前半までは、〝飼《か》い馴《な》らされた羊〟のひとりだった。それなりの出世欲があったせいだ。

しかし、ある出来事がきっかけで人生観が大きく変わった。土門は四谷《よつや》署刑事課勤務時代に誤認逮捕の責任を信頼していた上司に押しつけられ、青梅《おうめ》署に飛ばされてしまった。

中堅私大出身のノンキャリア刑事の失点は致命的だ。たとえ昇任試験に合格して警部になっても、それ以上の出世は望めない。

警察社会が腐り切っているなら、ダーティーに逞《たくま》しく生き抜くべきではないか。そんな思いが日ごとに強まり、土門は悪徳刑事を志願する気になったのである。

警察機構を支配しているのは、六百数十人の有資格者《キャリア》たちだ。

ひと握りの超エリートたちは、それこそ〝聖域〟である。神聖にして、侵《おか》すべからざる存在と言ってもいいだろう。だが、彼らも人の子だ。他人には知られたくない秘密を持ち、弱点もあるにちがいない。

土門はそう考え、非番の日にキャリアたちの私生活を探《さぐ》りはじめた。

超エリートたちは驚くほど無防備だった。自分たちは、権力者だという思い上がりがあるのだろう。

土門は苦もなく、警察幹部たちの弱みを摑《つか》むことができた。大物国会議員から小遣いを貰って、若い愛人を囲っているキャリアは五人もいた。

ある警視正は、利権右翼の親玉から別荘を超安値で譲り受けていた。別の警視は、息子を有名医大に裏口入学させていた。その費用を用立てたのは、急成長中の警備保障会社のオーナー社長だった。

家族名義の大型クルーザーやセスナを所有している所轄署署長もいた。キャリアといえども、俸給はそれほど高額ではない。民間の誰かにねだったことは明らかだろう。

土門は超エリートたちの不正の証拠を携《たずさ》え、警視庁の副総監を訪ねた。ちなみに、平岡文隆《ひらおかふみたか》副総監もキャリアのひとりだ。

副総監は苦り切った顔で、土門の要求を訊《き》いた。土門は青梅署の職務には熱心になれないとだけ告げた。平岡副総監は黙って胸を叩《たた》いた。

土門が本庁組織犯罪対策部第四課に転属になったのは、その翌月だった。青梅署には一年半もいなかった。異例の人事異動である。

組対部《そたいぶ》は、主に暴力団絡《がら》みの殺人、傷害、暴行、恐喝、麻薬の密売、放火などの捜査を担当している。一般殺人、傷害、強盗、誘拐、ハイジャック、レイプ、爆破事件などを受け持っている捜査一課と共同捜査をするケースも多い。

どちらも、刑事部屋は本部庁舎の六階にある。花形セクションである捜査一課に移りたいと一言口にすれば、多分、その通りになっただろう。

だが、土門は別に後悔していなかった。靴《くつ》の底を擦《す》り減らして殺人犯を追っても、なんの得もない。暴力団係刑事なら、いくらでも袖《そで》の下を使ってもらえる。女の世話もして貰えるし、足のつかない拳銃も入手可能だ。

本庁勤務になって、丸五年が過ぎている。鼻抓《はなつま》み者の土門は、職場で完全に孤立していた。

課長の戸張誠次《とばりせいじ》は、土門と目を合わせようともしない。同僚刑事たちも露骨に土門を避けている。職務の伝達のほかは、誰も話しかけてこない。

刑事は原則として、ペアで聞き込みや張り込みに当たる。しかし、土門はいつも独歩行《どっぽこう》だった。それを咎《とが》める者はいなかった。

土門には、職務らしい職務も与えられていない。弱みを握られたキャリアたちは、そのうち彼が依願退職すると思っているようだった。

だが、土門は気楽に暮らしていた。気が向けば、関心のある事件に首を突っ込む。

ふだんは情報収集と称して、遊び歩いていた。

両国《りょうごく》で生まれ育った土門は、宵越《よいご》しの銭は持たない主義だ。

月々の俸給は、たいてい一週間で遣《つか》い果たしてしまう。土門はほぼ毎晩、盛り場を飲み歩いている。懐《ふところ》が淋《さび》しくなっても、なんの不安もない。

最寄《もよ》りの組事務所に顔を出せば、さりげなく車代を渡される。手渡される封筒には、最低でも三十万円は入っている。

筋者《すじもん》たちにとっても、土門は疫病神《やくびょうがみ》だった。

腹立たしく思っているはずだが、彼に歯向かう者はいなかった。土門は裏社会の顔役たちの弱みも押さえている。

加えて彼には威圧感があった。大学時代にレスリングで鍛《きた》え上げた百八十二センチの体軀《たいく》は、いまも筋骨隆々としている。

丸刈りで、眼光は鷲《わし》のように鋭い。武闘派やくざたちも土門の迫力に気圧《けお》され、視線を外す。追従《ついしょう》笑いすら浮かべる暴力団大幹部もいた。

土門は怒り狂うと、手がつけられない。

被疑者が素直に自供しない場合は、相手の顔面を容赦なく机の角に叩きつける。鼻血を出し、前歯が折れても、決して手加減はしない。気絶するまで、被疑者を蹴《け》りまくる。

土門は職場や裏社会では〝不敵刑事《デカ》〟と恐れられていた。

蕩《とろ》けるような笑みを浮かべながら、相手を半殺しにしてしまう。それだけに、一層、不気味がられるのだろう。

シャワーの音が熄《や》んだ。

土門は喫《す》いさしの煙草《たばこ》の火を揉《も》み消した。ソファに坐《すわ》り直し、脚《あし》を組む。

白いバスローブの下には何もまとっていない。ベッドパートナーが部屋を訪れる前にざっとシャワーを浴びたのだ。

浴室から白人とのハーフのような顔立ちの女が現われた。

バスローブ姿だ。沙織《さおり》という名だった。青山にある高級デートクラブの売れっ子だ。

二時間コースの料金八万円は、すでに払ってある。

土門は精力絶倫だった。毎晩、女を抱かないと、寝つきが悪い。鼻血も出る。

素肌に触れていると、ささくれだっていた神経が和《なご》む。女たちは一種の精神安定剤だった。

「お客さん、ベッドに入る前に少しお喋《しゃべ》りしません？」

沙織が言った。煙草を喫いたくなったのか。

土門は無言でソファから立ち上がった。壁際のベッドに仰向《あおむ》けに横たわり、沙織の動きをぼんやりと目で追う。

沙織はソファに浅く腰かけると、コーヒーテーブルの上の茶色いハンドバッグを引き寄せた。フランス製の有名ブランド品だ。

すぐに彼女は、ハンドバッグの中から煙草とライターを摑み出した。くわえたのは、ヴァージニア・スリムライトだった。

「お客さん、組関係の男性《ひと》なんでしょ？」

「堅気だよ、おれは。刺青《スミ》も入れてないし、小指も飛ばしてない」

「その筋の方だと思ったけどな」

「おれは真面目な公務員なんだよ。だから、時たま羽目を外したくなるんだ」

「お客さんが公務員で通るんだったら、わたしもカトリックの尼僧になれそう」

沙織が紫煙をくゆらせながら、ハンドバッグの向きを変えた。

土門は天井に目を移した。まだ欲望は息吹《いぶ》いていない。

沙織は一服すると、静かに立ち上がった。白いバスローブを脱ぎ捨て、足早にベッドに近づいてくる。

熟《う》れた裸身が眩《まばゆ》い。色白で、肌理《きめ》は濃《こま》やかだ。

豊かに張った乳房は砲弾に近い形で、ウエストがぐっとくびれている。腰の曲線が美しい。艶《つや》やかな黒い飾り毛は、逆三角形に繁っている。ほどよい量だ。むっちりとした太腿《ふともも》が男の欲情を掻《か》き立てる。

「どういうプレイがお好きなのかしら？」

「くわえてくれ」

土門はあけすけに言って、バスローブの紐《ひも》を緩《ゆる》めた。

沙織が心得顔でベッドに這《は》い上がり、土門の股の間にうずくまった。彼女は馴《な》れた手つきでバスローブの前を押し開くと、ペニスの根元を握り込んだ。

土門は断続的に刺激を加えられた。

搾《しぼ》り込むような指使いだった。たちまち下腹部が熱を孕《はら》んだ。亀頭《きとう》が力を漲《みなぎ》らせる。

「黒光りしてる。だいぶ使い込んでるのね」

沙織が含み笑いをしてから、ピンクの舌を長く伸ばした。

彼女は舌の先で、張り出した部分の縁《ふち》を掃《は》くようになぞった。一段と性器が勢いづいた。沙織は、ひとしきり鈴口《すずくち》をちろちろと舐《な》めた。そうしながら、キウイフルーツに似た部分を優しく揉む。

「焦《じ》らすなって」

土門は次の愛撫を促《うなが》した。

沙織が目で笑い、土門を深く呑《の》み込んだ。一分ほどディープスロートがつづいた。

生温かい舌が心地よい。

娼婦《プロ》の舌技は実に巧《たく》みだった。少しも無駄《ロス》がない。性感帯を的確に刺激する。

土門はくすぐられ、吸い立てられ、削《そ》がれた。

瞬《また》く間に、雄々《おお》しく猛《たけ》った。体の底が引き攣《つ》れたような感じだ。

沙織は舌を閃《ひらめ》かせながら、土門の下腹や内腿を撫《な》で回した。掌《てのひら》を滑らせるだけではなく、指先でS字や円を描いた。

土門は枕から少し頭を浮かせ、沙織の顔を見た。

沙織はうっとりとした表情で、オーラル・セックスに励んでいる。閉じた瞼《まぶた》から長い睫毛《まつげ》が覗《のぞ》いていた。

セミロングの裾毛《すそげ》が土門の肌に触《ふ》れる。

芒《すすき》の穂先のような感触だ。くすぐったいが、不快ではない。

少し経《た》つと、急に沙織が目を開けた。その視線はハンドバッグに注《そそ》がれていた。

「何を気にしてる？」

土門は問いかけた。沙織はくぐもった声で短く何か言い、狂おしげに顔を上下に動かしはじめた。

沙織は、自分が渡した八万円をこっそり抜き取ったとでも疑っているのだろうか。

土門は胸底《きょうてい》で呟《つぶや》いた。

そのすぐ後、沙織が土門の両膝《りょうひざ》を立てた。彼女は腹這《はらば》いになり、固くすぼまった袋を口いっぱいに頬張《ほおば》った。

強く吸われるたびに二つの睾丸《こうがん》が擦《こす》れ合う。そのつど奇妙な快感が土門の全身に拡《ひろ》がった。新鮮な感覚だ。

沙織は胡桃《くるみ》を連想させる部分を舌でくすぐりながら、片手でペニスをしごき立てた。

もう一方の手で、肛門のあたりを撫《な》で回している。

「尻《けつ》の穴に指を突っ込むなよ。おれは、そういうサービスは苦手なんだ」

土門は言った。すると、沙織が顔を上げた。

「指を入れると、もっとハードアップするのに」

「ノーサンキューだ」

土門は上体を起こし、沙織を仰向けに寝かせた。バスローブを手早く脱ぎ、ベッドの下に投げ落とした。

「好きなように抱いて」

沙織が甘え声で囁《ささや》き、土門の太い首に両腕を巻きつけた。

土門は体を斜めに重ね、沙織の官能的な唇をついばみはじめた。いわゆるバードキスだ。沙織が、もどかしげに自分から舌を絡めてくる。

土門はディープキスを交わしながら、沙織の乳房をまさぐりはじめた。二つの乳首は尖《とが》っていた。

指の間に乳頭を挟みつけて隆起全体を揉むと、沙織は喉《のど》の奥で甘やかに呻《うめ》いた。嫋々《じょうじょう》とした声だった。欲情を煽《あお》られる。

土門は口唇をさまよわせはじめた。

ほっそりとした首筋や鎖骨《さこつ》のくぼみに舌を這わせ、ふくよかな耳朶《みみたぶ》を甘咬《あまが》みする。

耳の奥に舌の先端を潜《くぐ》らせると、沙織は切なげに身を揉んだ。なまめいた声も洩らした。

土門は乳房にキスの雨を降らせながら、沙織の体をソフトになぞった。

脇腹、下腹、内腿と順に撫で、和毛《にこげ》を五指で梳《す》く。ぷっくりとした恥丘は、わずかに湯の湿りを残していた。

土門の指先が肉の芽に触《ふ》れた瞬間、沙織は裸身をひくつかせた。敏感な突起は包皮から零《こぼ》れ、こりこりに痼《しこ》っている。

土門は頃合を計《はか》ってから、陰核《クリトリス》を集中的に慈《いつく》しみはじめた。沙織の喘ぎは、淫蕩《いんとう》な呻きに変わった。

土門は肉の芽を愛撫しながら、遊んでいる指で下から合わせ目を捌《さば》いた。指先は熱い蜜液に塗《まみ》れた。沙織は本気で感じはじめている様子だ。

土門は何か拾いものをしたような気持ちになった。

潤《うる》みを陰裂全体に塗《ぬ》りつける。二枚の花弁はぼってりと膨《ふく》らみ、火照《ほて》りを帯びていた。

「わたし、どうかしてるわ。仕事なのに、本気で感じちゃってる」

沙織が言葉に節《ふし》をつけて言い、秘部を迫《せ》り上げた。

土門はフィンガーテクニックを駆使《くし》しはじめた。感じやすい突起を集中的に愛撫し、襞の奥に指を沈める。Gスポットを指の腹で幾度か擦《こす》ると、沙織は呆気なく極《きわ》みに駆け上がった。

ほとんど同時に、内奥《ないおう》が締まった。指に圧迫感が伝わってきた。

愉悦《ゆえつ》の唸《うな》りは長く尾を曳《ひ》いた。沙織は何度も胎児のように体を丸めた。

土門は指を引き抜くと、沙織の足許に回り込んだ。彼女の膕《ひかがみ》を大きく掬《すく》い上げる。膝頭の裏側だ。沙織は性器をまともに晒《さら》す形になった。

土門は膝立ちで口唇愛撫を施《ほどこ》した。花弁を吸いつけ、クリトリスもたっぷりと舐めた。息も吹きつける。

やがて、沙織は二度目の沸点《ふってん》に達した。彼女は憚《はばか》りのない声を撒《ま》き散らしながら、形のいいヒップをもぞもぞとさせた。

土門は、怒張した昂《たか》まりを一気に埋めた。突き刺すような挿入だった。沙織が背を弓なりに反《そ》らせた。

土門はワイルドに腰を躍《おど》らせはじめた。

突き、捻《ひね》り、また突く。沙織の体はラバーボールのように弾んだ。土門は六、七回体位を変え、恣《ほしいまま》に高級娼婦を弄《もてあそ》んだ。

女性騎乗位をとったとき、またもや沙織がハンドバッグに目をやった。土門は罠《わな》の気配をはっきりと感じ取った。

沙織は土門に見られていることに気づくと、慌《あわ》てて目を閉じた。ハンドバッグの中に何か仕掛けてあるようだ。

土門は確信を深めたが、わざと何も言わなかった。

沙織が三度目のエクスタシーを味わうと、彼はベッドパートナーに獣《けもの》の姿勢をとらせた。後背位で貫《つらぬ》き、感じやすい突起と乳房に手を伸ばす。

土門は律動《りつどう》を加えはじめた。

沙織は裸身をくねらせながら、啜《すす》り泣くような声を零《こぼ》しつづけた。土門は、がむしゃらに突いた。結合部の湿った音が情事の薬味になった。

十分が過ぎたころ、土門は爆《は》ぜた。

射精感は鋭かった。ほんの一瞬だったが、脳天が白く霞《かす》んだ。背筋も甘く痺《しび》れた。

土門は余韻《よいん》を味わってから、沙織から離れた。そのままベッドを降り、浴室に直行する。

土門は熱めのシャワーを浴び、ボディーソープで入念に体を洗った。

ベッドに戻ると、今度は沙織がバスルームに向かった。土門はそっとベッドを降り、沙織のハンドバッグの中を検《しら》べた。底に超小型CCDカメラが仕込まれていた。

ハンドバッグの側面にはピンホールが穿《うが》たれ、その部分に二ミリのレンズが宛《あて》がわれていた。レンズはベッドに向けられていたはずだ。

土門はＣＣＤカメラを取り出した。おおかた警察上層部の誰かが高級デートクラブに司法取引を持ちかけ、悪徳刑事の情交映像を隠し撮りさせようとしたのだろう。

土門は煙草を吸いながら、沙織が浴室から出てくるのを待った。十分ほど待つと、彼女は姿を見せた。

「こいつは貰っとくぜ」

土門はほくそ笑《え》んで、ＣＣＤカメラを掌《てのひら》の上で弾ませた。沙織が立ち竦《すく》み、わなわなと震えはじめた。

「これを仕掛けろと言ったのは、派遣クラブのボスだな？」

「え、ええ。ごめんなさい。わたし、断れなくて、マネージャーの言いなりになってしまったの」

「マネージャーはなんて言ってたんだ？」

土門は畳みかけた。沙織が短く迷ってから、伏し目がちに言った。

「警視庁の偉い方に頼まれたと言ってたわ。もちろん、具体的な名前までは教えてくれなかったけど」

「そうか」

「わたし、土下座でも何でもします。だから、乱暴なことはしないで」

「おれは女を殴ったりしないよ。それに、マネージャーを抱き込んだ偉いさんにはおおよその見当がついてる」

土門は副総監の平岡文隆の顔を思い浮かべながら、穏やかに言った。

「わたしのこと、赦《ゆる》してくれるんですか？」

「ああ、目をつぶってやろう」

「ほんとに⁉　ありがとうございます」

沙織は安堵《あんど》した顔で頭を下げ、大急ぎで身繕《みづくろ》いした。彼女はそそくさと部屋から出ていった。

土門はソファから立ち上がり、まだ使っていない方のベッドに大の字に寝そべった。

平岡副総監は弱みのある警察官僚《キャリア》たちの不安を取り除く目的で、土門を潰《つぶ》す気になったのか。確たる証拠があるわけではないが、その推測は間違っていないだろう。これまでにも幾度か、土門は陥穽《かんせい》に落ちそうになったことがあった。

自分を桜田門から追放したいのだろうが、そうはいかない。そのうち警視総監と警察庁長官の弱みを押さえて、キャリアたちの動きを封じ込もう。

土門はサイドテーブルの上から腕時計を掴み上げた。スイス製のロレックスだ。まだ九時を回ったばかりだった。

関東仁友会《かんとうじんゆうかい》の首藤正邦《しゅとうまさくに》理事が十時に来訪することになっていた。同会は、首都圏で四番目の勢力を持つ広域暴力団だ。

五十一歳の首藤は首藤組の組長で、企業舎弟《フロント》『仁友商事』の代表取締役社長でもあった。

土門は数年前から月に一、二度首藤と人目のつかない場所で接触し、裏社会の動向を教えてもらっていた。彼は職務には不熱心だったが、極悪人をのさばらせておきたくないという気持ちだけは失っていなかった。

といっても、青臭い正義感に衝《つ》き動かされているわけではない。大きな顔をしている悪人どもを痛めつけることが愉《たの》しいのだ。

首藤が来るまで、ひと眠りすることにした。土門は瞼を閉じた。

今夜は、このホテルに泊まることになっていた。

土門には、定まった塒《ねぐら》はなかった。衣類などはマンション型トランクルームに保管し、シティホテルやマンスリーマンションを泊まり歩いている。知り合いの女たちの自宅で朝を迎えることも度々《たびたび》だった。

マイカーも持っていない。もっぱらタクシーを利用し、必要に応じて他人の車を無断で借用している。ごくたまにレンタカーを使うこともあった。

うとうとしているうちに、午後十時になった。

約束の時刻を数十分過ぎても、首藤はいっこうに現われない。時間には、うるさい男だった。何かあったのか。

土門は半身を起こし、私物のスマートフォンを手に取った。すぐに首藤のスマートフォンを鳴らす。

ややあって、中年の男が電話に出た。首藤の声ではなかった。

「おたく、誰だい？　首藤は？」

「わたしは機動捜査隊初動班の者です。首藤正邦は、四十分ほど前に弁慶橋《べんけいばし》の畔《ほとり》で何者かに射殺された」

「なんだって⁉」

「あんたは関東仁友会の者？」

「そうじゃない。ただの知人だよ」

「一応、名前を教えてくれないか」

「名乗るほどの者じゃない」

土門は言って、スマートフォンの電源を手早く切った。

おそらく首藤は抗争に巻き込まれたのだろう。関東仁友会は半年以上も前から、東北一帯を仕切っている奥州《おうしゅう》連合会と揉めていた。

運の悪い男だ。そのうち、別の情報提供者を見つけよう。さて、高級売春クラブのマネージャーを締め上げにいくか。

土門はベッドを降り、身仕度に取りかかった。

2

タクシーを停止させる。

北青山三丁目の裏通りだ。あと数分で、午後十一時になる。

土門は個人タクシーの運転手に一万円札を手渡し、のっそりと車を降りた。すると、六十年配の運転手が早口で言った。

「ただいま、お釣りをお渡しします」

「釣りは取っといてくれ」

「乗車料金は千四百二十円ですよ。よろしいんですか？」

「ああ。煙草でも買ってくれよ」

土門は言って、斜め前の雑居ビルに足を向けた。沙織の所属している高級デートクラブの事務所は五階にある。

土門は雑居ビルに入り、エレベーターで五階に上がった。目的の事務所は、奥まった場所にあった。

土門は勝手にドアを開け、事務所内に足を踏み入れた。

十五畳ほどの広さだった。窓側に四台のパソコンが並び、手前に応接ソファセットが置かれている。
三十二、三歳の優男《やさおとこ》が長椅子《ながいす》に寝そべって、週刊誌の記事を読んでいた。ほかには誰もいない。デート嬢たちは、別室で待機しているようだ。客がついたら、送迎の車で派遣先のホテルやマンションに向かうのだろう。
「そっちがマネージャーか？」

土門は問いかけた。男が上体を起こした。

「おたくは？」

「質問に答えな」

「そう、マネージャーだよ」

「名前は？」

「川上《かわかみ》だけど……」

「おれが誰だかわかってるな」

「さあ？」

「とぼけやがって」

土門は焦茶《こげちゃ》のレザーブルゾンのポケットから、ＣＣＤカメラを取り出した。川上と名乗った男の顔から、みるみる血の気が引いた。

土門は長椅子の背凭《せもた》れを強く蹴った。川上がぎょっとして、立ち上がった。

「もう沙織から連絡を受けてるなっ」

「沙織って、誰なんです？」

「世話を焼かせやがる」

土門は舌打ちして、長椅子を押し倒した。川上が床に転がる。土門は回り込んで、川上の顔面を蹴った。眉間《みけん》のあたりだった。

川上が長く唸って、体を丸めた。

土門は川上のこめかみを靴で踏みつけた。川上が動物じみた声をあげた。

「まだ喋《ベシャ》る気にならねえか」

「勘弁してください。仕方がなかったんですよ」

「それじゃ、答えになってねえな」

土門はコーヒーテーブルを持ち上げ、川上の背に投げ落とした。川上が呻き、顔を歪《ゆが》める。

「立て！　立ちやがれっ」

土門は声を張った。

川上がのろのろと立ち上がった。土門は相手の股間に蹴りを入れた。川上が両手で急所を押さえながら、ゆっくりと頽《くずお》れる。

すかさず土門は、川上の胸板を蹴った。

川上がいったん前屈《まえかが》みになり、横倒しに転がった。土門は踏み込んで、川上を蹴りまくった。場所は選ばなかった。ほぼ全身にキックを見舞った。

川上はサッカーボールのように転がるだけで、反撃する素振りさえ見せなかった。戦《おのの》いている。

「もう一度訊《き》く。誰に頼まれた？」

「東門会《とうもんかい》の石丸《いしまる》さんです。このクラブは東門会がやってるんですよ。わたしは、雇われの責任者に過ぎないんです。だから、もう乱暴なことはやめてください」

「石丸正道《まさみち》か？」

「ええ、そうです。東門会の若頭をやってる石丸さんに頼まれて、仕方なくデート嬢のハンドバッグにＣＣＤカメラを仕掛けたんですよ」

「そういうことか」

土門は川上から少し離れた。

東門会は赤坂一帯を縄張りにしている暴力団だ。構成員は二千人弱だが、麻薬の密売と管理売春で割に稼いでいる。土門は、若頭の石丸とは何度か顔を合わせていた。四十三歳の石丸は武闘派として知られていた。

「いま、奴はどこにいる？」

「この時刻なら、東門会直営の違法カジノにいるんじゃないですか。ご存じでしょ、『パラダイス』のある場所は？」

「もちろん、知ってる。石丸に妙な電話をかけたら、手錠《ワッパ》打つぞ」

「わかってますよ」

「今夜の収益《アガリ》を迷惑料として貰っとこう。早く出せや」

「そ、そんな殺生《せっしょう》な！」

「高級売春クラブをぶっ潰してもらいてえわけか。そういうことなら、それでもいいんだぜ」

「わかりました。払いますよ、迷惑料を」

川上が起き上がり、奥の事務机に歩《ほ》を運んだ。手提《てさ》げ金庫の中から札束を掴み出し、すぐに戻ってきた。

「二百三、四十万あるはずです」

「そうかい」

土門は札束を引ったくり、川上に背を向けた。

雑居ビルの専用駐車場に目をやると、ドルフィンカラーのＢＭＷが駐《と》めてあった。7シリーズで、まだ新しい。

土門はＢＭＷに近寄り、万能鍵《マスターキー》でドアのロックを解《と》いた。

その万能鍵は、数年前に本庁の押収品保管庫から盗み出したものだ。数々の伝説を持つ老いた泥棒《ノビシ》が愛用していた万能鍵である。

土門はエンジンとバッテリーを直結させ、ほどなくＢＭＷを発進させた。青山通りに出て、赤坂に向かう。

違法カジノのある雑居ビルは、俗に〝ヤッカン通り〟と呼ばれている通りに面していた。その通りには韓国クラブや焼肉レストランが軒《のき》を連ね、やくざたちの遊び場になっている。そんなことで、〝ヤッカン通り〟と呼ばれるようになったわけだ。

十四、五分で、目的の雑居ビルに着いた。

土門はＢＭＷを路上に駐め、雑居ビルのエレベーターに乗り込んだ。『パラダイス』は八階にある。といっても、看板の類《たぐい》は何も掲《かか》げられていない。出入口は二重扉になっている。

土門は八階でエレベーターを降りると、違法カジノに急いだ。万能鍵で手前のドアを開け、店内に入る。

ほとんど同時に、奥の黒いドアが開いた。姿を見せたのは、キックボクサー崩れの用心棒だった。

三十歳前後で、軍鶏《シャモ》のような顔つきの男だ。名前は確か清水《しみず》だ。

「おれのことは知ってるな」

土門は先に言葉を発した。

「土門さんでしょ？」

「そうだ。石丸はいるな」

「ええ」

「どこにいる？」

「手入れじゃないですよね」

「安心しろ。石丸に個人的な用があるだけだ」

「そうですか。それじゃ、若頭《カシラ》を呼んできます。ルーレットやバカラを楽しんでるお客さんたちに迷惑をかけたくないんでね」

「客に迷惑はかけねえよ」

「しかし……」

清水が土門の前に立ちはだかった。

「おれの行く手を阻《はば》むだけで、公務執行妨害になるんだぞ」

「旦那《だんな》、あんまりいじめないでくださいよ」

「どけ！」

土門は元キックボクサーを肘《ひじ》で弾《はじ》き、二枚目の扉を抜けた。五台のルーレットテーブルが横に並び、その向こうにカードテーブルが見える。

二十人前後の客がいた。中高年の男ばかりだ。土門はフロアを見回した。石丸の姿は見当たらない。

土門はルーレットテーブルに近づき、タキシード姿のディーラーに話しかけた。

「本庁の組対《そたい》だ。といっても、手入れ《ガサ》じゃない。石丸は？」

「奥の事務室にいます。でも、いまは取り込み中だと思います」

「取り込み中？」

「ええ、はい」

「どうやら石丸は、事務室に女を引っ張り込んでるらしいな」

「そういうことはしてないと思います」

ディーラーが目を伏せた。

土門はルーレットテーブルから離れ、奥に向かった。通路に達したとき、背中に固い物が押しつけられた。

感触で、すぐに銃口とわかった。

土門は振り返った。用心棒の清水はグロック32を握っていた。オーストリア製の自動拳銃だ。まだスライドは引かれていない。

「銃刀法違反で引っ張られてえのかっ」

「旦那《レコ》を挑発する気はないんだが、いま事務室に入られたくないんでね。少し前に若頭の愛人が遊びに来たんですよ。多分、二人はいまごろ……」

「ファックしてる？」

「多分ね。だから、もう少し待ってくださいよ。旦那、五万円分のチップを差し上げますんで、しばらくルーレットで遊んでくれませんか」

「おれは、せっかちなんだ」

土門は清水の右手首を摑むなり、ヘッドロックをかけた。相手を捻《ひね》り倒し、拳銃を奪い取った。すぐにスライドを滑らせ、初弾を薬室《チャンバー》に送り込む。

「旦那、まさかおれを撃つ気じゃないですよね!?」

「撃《ハジ》かれたくなかったら、おとなしくしてな」

「そういうわけにはいきませんよ。おれは、ここのボディーガードなんですから」

清水が言いながら、数歩退《さ》がった。前蹴りを放つ気らしい。

土門は銃把《グリップ》の角で、清水の側頭部を強打した。

清水が横に吹っ飛んだ。突風に飛ばされたような倒れ方だった。

土門は片方の膝を落とし、清水を摑み起こした。銃口を心臓部に押し当て、左手で清水の頰を強く挟みつける。

清水が苦しがって、眼球を盛り上がらせた。それから間もなく、用心棒の顎《あご》の関節が外れた。清水は唸り声を発しながら、涎《よだれ》を垂らしはじめた。

土門は清水の後ろ襟《えり》を摑んで、トイレの中に引きずり込んだ。

無人だった。土門は清水を大便用ブースの中に押し込み、腹部を五、六回、蹴った。清水はぐったりとして、便器を抱きかかえるような恰好《かっこう》になった。

土門は清水のベルトを引き抜き、両手を配水管にきつく縛《しば》りつけた。ブースの扉を閉め、銃把から弾倉《マガジン》を引き抜く。複列式の弾倉には、十五発の九ミリ弾が詰まっていた。初弾を加えれば、装弾数は十六発だ。

土門は弾倉を銃把《グリップ》の中に戻し、グロック32をベルトの下に差し込んだ。トイレを出て、斜め前の事務室に忍び寄る。

ドアに耳を寄せると、ＣＤの演歌が聴こえた。男女の乱れた息遣《いきづか》いも伝わってくる。

土門はノブに手を掛けた。

ロックされていた。万能鍵で解錠する。

そっとドアを開けると、長椅子の上で石丸が若い女と交わっていた。石丸は膝の上に女を跨《また》がらせていた。どちらも、下半身は剝《む》き出しだ。

「野暮なことはしたくなかったんだが、待たされるのは好きじゃないんでな」

土門はどちらにともなく言って、拳銃を腰から引き抜いた。

石丸が意味不明の言葉を口走った。二十二、三歳の派手な顔立ちの女が驚き、全身を痙攣《けいれん》させた。

「おい、急にどうしたんだ⁉　そんなに強く締めつけられたら、大事なとこの血が止まっちまうじゃねえか」

石丸が女に言った。

「あたし、別に締めてないよ。びっくりしたんで、膣痙攣《ちつけいれん》を起こしたみたい」

「ううっ、痛《いて》え！　ひとみ、少し緩《ゆる》めろ」

「無理よ。そっちこそ、小さくして！　そうすれば、きっと抜けるわ」

「こんなに締めつけられたんじゃ、萎《しぼ》まねえよ。ひとみ、思いっ切り息を吐け。そうすりゃ、すべての穴が緩むはずだ」

「うん、やってみる」

ひとみが応じた。

「くそっ、ちっとも緩くならねえじゃねえかっ」

「あたし、ちゃんとやってるよ」

二人は上体を反《そ》らせながら、離れようともがきはじめた。しかし、なかなか結合は解けない。

石丸と若い愛人は激痛に顔を歪めはじめた。二人の額には、脂汗《あぶらあせ》が滲《にじ》んでいる。

締まらないカップルだ。いや、締まりすぎているわけか。土門はにたついて、事務室の中を眺め回した。サイドテーブルの上に、花器が置かれている。数種の花が活《い》けてあった。

土門はサイドテーブルに歩み寄り、花を抜き取った。花器を片手で持ち上げ、石丸たちに近づく。

「ガキのころ、交尾してる野良犬にバケツの水をぶっかけたことがある。そうしたら、パッと離れたよ」

土門は石丸に言って、花器の中の水を結合部に少しずつ垂らしはじめた。石丸と愛人が冷たさに声をあげた。

土門は冷笑しながら、花器の水を注《そそ》ぎつづけた。注ぎ終えたとき、ひとみが石丸から離れた。

「抜けた、抜けた！」

「なんてこった」

石丸がぼやいて、赤黒く腫《は》れ上がったペニスを手で覆《おお》い隠した。巨根だった。

土門は二人に身繕いさせると、床に並んで俯《うつぶ》せにさせた。

「その拳銃《チャカ》は清水が持ってた物《もん》だろ？」

石丸が確かめた。

「そうだ」

「清水は？」

「トイレの中で唸ってらあ。顎の関節を外して、水道のパイプに縛りつけておいたんでな」

「役に立たねえ野郎だ。そりゃそうと、旦那、いったい何の真似なんだい？　説明してもらいてえな」

「桜田門の誰に頼まれたんだっ」

「なんの話なんだよ？」

「時間稼ぎはさせねえぞ」

土門は応接ソファの背当てクッションを引っ掴み、それを石丸の太腿の裏側に押し当てた。グロック32の銃口をクッションにめり込ませ、無造作に引き金を絞る。

くぐもった銃声が響き、石丸が野太《のぶと》く唸った。いつの間にか、ＣＤの演歌は熄《や》んでいた。

「刑事《デカ》がこんなことやってもいいのかよっ」

「おれの発砲は正当防衛さ」

土門は澄ました顔で言った。

「正当防衛だと⁉」

「そう。石丸、おまえはおれに短機関銃《サブマシンガン》を向けた。だから、おれはやむなく先に撃った。そうだよな？」

「ふ、ふざけやがって」

「誰に頼まれた？　参事官か、刑事総務課課長に司法取引を持ちかけられたんじゃねえのかっ」

「司法取引って、なんだよ？　まるで見当がつかねえな」

石丸が空とぼけた。

土門は焦《こ》げた背当てクッションをもう一方の太腿に宛《あて》がい、銃口を強く押しつけた。石丸が身を強張《こわば》らせる。

「現職刑事がそこまでやるのは、いくら何でも危《ヤバ》いんじゃないの？」

ひとみが口を挟んだ。

「黙ってろ！」

「でもさあ」

「余計な口出しするな」

土門は言って、グロック32の先端をひとみの尻に突きつけた。さすがに石丸の愛人は、無駄口をたたかなくなった。

土門は銃口を背当てクッションに戻し、引き金に人差し指を深く巻きつけた。

「もう撃たねえでくれ。あんたの直属の上司に頼まれたんだよ」

「依頼人は戸張課長だったのか」

「課長はキャリアの偉いさんに命じられたと言ってたが、個人名までは教えてくれなかったんだ」

「そうかい。ま、いいさ」

「おれが口を割ったこと、戸張の旦那には黙っててくれねえか。頼むよ」

石丸が唸りながら、哀願口調で言った。

「武闘派らしくねえな」

「戸張の旦那を怒らせたら、非合法ビジネスを全部ぶっ潰されそうだからな。そうなったら、おれは格下げにされるだろう。この年齢《とし》で降格されたら、笑い者にされる。な、ひとつ頼むよ」

「約束はできねえな」

土門は言い捨て、大股で事務室を出た。

雑居ビルを出てから、戸張課長の自宅に電話をする。電話口に出たのは、当の本人だった。土門は名乗った。

「こんな真夜中に、いったい何事なんだ？」

「課長、そんなに出世したいんですかっ。叩き上げには叩き上げの誇りってものがあるだろうが！」

「なんだね、藪《やぶ》から棒に？」

「東門会の石丸の口を割らせた」

「ええっ」

戸張が絶句した。課長の狼狽《ろうばい》ぶりが目に浮かぶ。

「副総監あたりからの指示だったんだろうが、あまり姑息《こそく》なことはやらないほうがいいんじゃねえのか」

「なんのことなんだね？」

「課長、おれはキャリアたちの不正やスキャンダルの証拠を親しい新聞記者に預けてあるんですよ」

土門は、はったり《ブラフ》をかませた。

「本当なのか？」

「もちろんだ。偉いさんたちの急所を握ってるおれは目障《めざわ》りだろうが、下手なことはやらないほうがいいと思いますよ。おれを怒らせたら、超エリートたちは失業者になるでしょう。何人かは服役させられるだろうな」

「土門君、きみは何を狙《ねら》ってるんだ？　課長のポストなのかね」

戸張が探りを入れてきた。

「所詮《しょせん》、ノンキャリアは警察官僚《キャリア》連中の駒に過ぎない。おれは出世なんか望んじゃいませんよ」

「それじゃ、きみはどうしたいと言うんだ？」

「気ままに生きたいだけです。妙な気を起こさなきゃ、持ってる切札はむやみに使ったりしないよ。平岡副総監にそう伝えてほしいな」

　土門は電話を切り、今夜の塒に向かって歩きだした。

3

　生欠伸《なまあくび》が止まらない。

　退屈だった。土門は、読み終えた週刊誌を机の上に投げ出した。職場の自席だ。

　午後四時過ぎだった。同僚たちの多くは出払っている。

　首藤が殺されたのは五日前のことだ。土門は故人の通夜にも告別式にも顔を出さなかった。弔問《ちょうもん》するのが面倒だったからだ。

　殺された首藤には、裏社会の情報を小まめに流してもらった。世話になったことは間違いないが、ギブ・アンド・テイクの関係だった。したがって、別に借りはない。

　関東仁友会の犯罪には何度も目をつぶってやった。それで、返礼は済んでいるはずだ。そもそも土門は、葬式自体が無意味だと考えている。

　人間は死んでしまえば、単なるごみだ。ごみに合掌することに、どんな意味があるというのか。死者を忘れないことだけが供養《くよう》だろう。

「土門君、ちょっと来てくれ」

課長の戸張が声をかけてきた。

土門はのっそりと立ち上がり、窓際の戸張の席に急いだ。立ち止まるなり、彼は口を開いた。

「今夜あたり、平岡副総監が料亭にでも招待してくれるのかな？」

「悪い冗談はやめたまえ」

「厭味《いやみ》を言ったんですよ」

「きみって男は！」

戸張が眉根を寄せた。下脹《しもぶく》れの顔が一段と醜《みにく》く見える。

「課長、用件を言ってくれませんか」

「五日前に赤坂の弁慶橋の畔で殺された首藤正邦は、きみの情報屋だったたな」

「それが何か？」

「実はね、捜一が所轄の赤坂署に捜査本部《チョウバ》を立てたがってるんだよ」

「そいつは一種の越権行為だな。被害者《マルガイ》はやくざ者だったんだから、組対の担当事案だ。無法者の殺人事件捜査は、組対部《うち》の受け持ちでしょうが」

土門は言った。本庁が所轄署に捜査本部を設けることを警察の隠語で、帳場を立てると言う。

「そうなんだが、捜一も点数を稼ぎたいらしいんだ。最近、二つの事件《ヤマ》が迷宮入《オミヤ》りになっちゃったからね」

「組対部《うち》は赤坂署と共同捜査に入ってるんだったよな？」

「そうなんだが、捜査が進展していないんだ。関東仁友会と小競《こぜ》り合いを繰り返してた奥州連合会の犯行《ヤマ》と睨《にら》んでたんだが、捜査線上に関係者はひとりも浮かんでこないんだよ」

「凶器はコルト・ガバメントでしたね」

「そう。しかし、現場に薬莢《やっきょう》は遺《のこ》されてなかったんだ。犯人《ホシ》は首藤を撃った後《あと》、薬莢を回収したにちがいないよ」

「そうじゃないとしたら、最初からビニール袋で拳銃をそっくり袋掛《バギング》けしてたんだろうな。そうしておけば、硝煙反応も採《と》りにくくなるし、薬莢も地面に落とさずに済む」

「犯人が袋掛けしてたとしたら、殺し屋《プロ》の仕業《しわざ》臭いな」

「ああ、おそらくね。ところで、目撃証言は？」

「事件当夜、複数の人間が弁慶橋付近で首藤を目撃してるんだが、肝心の加害者と思われる人影は誰も見てないんだよ。そういうことも考え併《あわ》せると、殺し屋《プロ》の犯罪のようだな」

「多分、そうなんだろう」

「土門君、首藤は何かに怯《おび》えてなかったかね」

戸張がボールペンを意味もなく弄びながら、上目遣《うわめづか》いに問いかけてきた。

「そういう様子はなかったな」

「そうか。うちの課で最も被害者《マルガイ》と接触してたのは、きみなんだ。今回の捜査チームに加わってくれないか」

「おれとペアを組みたがる奴は、ひとりもいない。こっちが加わったら、チームワークを乱すだけでしょ？」

「お願いではなく、命令だと言ったら？」

「命令なら、従いますよ。一応、おれは課長の部下だから」

「しかし、きみはわたしなど少しも恐れてはいないんだろう？」

「まあね」

「個人的に追いかけてる事件がないんだったら、共同捜査に加わってくれないか」

「考えてみますよ」

土門は曖昧《あいまい》な返事をして、戸張課長に背を向けた。自分の席には向かわずにトイレに急ぐ。

土門は用を足し、組対四課の刑事部屋に戻った。と、出入口に二十四、五歳の美しい女が立っていた。容姿が目を惹《ひ》くだけではなく、色香もあった。

身長は百六十四、五センチか。胸と腰は豊かに張っているが、シルエットはすっきりとしている。

「何か？」

土門は女に声をかけた。女が弾《はじ》かれたように振り向く。

「組対四課の土門さんにお目にかかりたいんですが、取り次《つ》いでいただけます？」

「おれが土門だよ」

「そうなんですか。よかったわ」

「どなたなのかな？」

「首藤茉利花《まりか》といいます。首藤正邦の娘です」

「彼のお嬢さんだったのか。お父さん、残念だったね。後《おく》れ馳《ば》せながら、お悔《く》やみ申し上げる」

土門は一礼した。

「ご丁寧《ていねい》に」

「職務に追われて、弔《とむら》いにも伺《うかが》えなかった。お父さんには、いろいろ世話になったんだが……」

「そうですか。実はきのう、父の遺品を整理していたら、土門さん宛の封書が見つかったんですよ」

「その封書、お持ちなのかな？」

「はい」

茉利花が狐色《きつねいろ》のハンドバッグの留金《とめがね》を外し、中から白い封書を抓み出した。表書きに土門の姓名が見える。封印はされていなかった。

土門は封書を受け取り、文面に目を通した。

関西の最大勢力である川口組《かわぐち》が不法滞在の外国人マフィアたちを使って、関東やくざの縄張りを荒らしている。警察が何らかの策を講じてくれなければ、いずれ東西勢力の全面戦争になってしまうだろう。

要約すると、そういう内容だった。手書きではなく、パソコンで打たれていた。

川口組は関東の十二組織との話し合いで、首都圏には代紋は掲《かか》げないと表明している。

だが、実際には最大勢力は十年以上も前から首都圏に次々と拠点を設けている。それだけではない。首都圏には川口組と関わりのある商事会社、不動産会社、金融会社、経営コンサルティング会社など企業舎弟《フロント》が数十社も進出していた。

どの会社も法人登記の役員は、組員の家族や知人になっている。しかし、真のオーナーは関西の極道たちだ。

警察は、暴力団の企業舎弟は実質的な組事務所と見ている。八、九年前から新宿歌《か》舞伎町《ぶきちょう》では川口組系組員絡みの諍《いさか》いが増えてきたが、大がかりな東西勢力の抗争事件にはエスカレートしていない。

それでも、三次団体クラスの組員がこれまでに十数人も関西の極道に命を奪われた。関東やくざの仕返しの犠牲者も出ている。

「父が手紙に書いたことは、リアリティーがあるんでしょうか？」

「あるだろうね。川口組は関東やくざとの紳士協定を破って、東京で勢力を拡大してきた」

「もっと拠点を増やしたいんで、外国人マフィアたちを使って……」

「考えられるな。不法滞在の外国人は三十万人近くいるが、そのうちの何割かが刑法犯で検挙されてる。アジア諸国の出身者が多く、特に中国人の検挙件数が目立つ」

「中国人マフィアたちはパチンコの裏ＲＯＭを作ったり、家電量販店なんかを荒らしてるようですね」

「以前は、そうだったな。現在、連中は高周波電波発信器を使って自販機荒らしをしたり、貴金属店や衣料スーパーにも押し入ってる。日本で成功した同胞を拉致《らち》して、身代金を要求する事案も増加してる」

「マスコミの報道で、そのことは知ってます」

「そう。不良イラン人たちは、いまも各種の麻薬《ドラッグ》を売ってる。タイからは大麻と向精神薬、コロンビアからはコカインが大量に流れ込んでるんだ。フィリピンや北朝鮮からは、偽造ビール券や偽ドル札が入ってきてるね。香港からは爆窃団《ばくせつだん》が来て、韓国の暴力スリ団も日本で荒稼ぎしてるんだ。外国人マフィアたちは金になれば、なんでもやるという連中が多い。彼らが川口組の下働きをする気になっても、ちっとも不思議じゃないね」

「父は、川口組の東京進出を阻止しようとしたんで殺されたんでしょうか」

「まだ何とも言えないな。どこかでもっと詳しい話を聞きたいね。時間はある？」

「ええ、あります」

「食事でもしながら、話をうかがうか」

土門は茉利花を伴《ともな》って、本部庁舎を出た。

霞《かすみ》が関《せき》の裏通りに洒落《しゃれ》たフレンチ・レストランがある。土門は、その店に首藤の娘を案内した。時刻が中途半端なせいか、客の姿は疎《まば》らだった。二人は奥の席に着いた。

土門は勝手にワインとコース料理を注文した。

「さっきお渡しした父の未投函の手紙は、土門さんがずっと持っていてくださっても結構ですので」

「なら、預かっておく」

「警察は、そろそろ犯人を絞り込んでるんでしょうか？」

「まだ、そこまではいってないようだな。こっちは、お父さんの事件を担当してないんだ」

「そうなんですか」

会話が途絶えたとき、タイミングよくワインと前菜が運ばれてきた。オマール海老《えび》を使ったサラダだった。

二人はワイングラスを傾けながら、前菜をつつきはじめた。

「最近、お父さんに何か変わった様子は？」

「父とはめったに顔を合わせませんでしたので、よくわからないんですよ。母の話ですと、父はいつもと同じだったそうです」

「そう。自宅に脅迫電話がかかってきたことは？」

「そういうことは一度もありませんでした。それから、脅迫状も届いてません」

「『仁友商事』のほうで、何かトラブルがあったとは聞いてない？」

「それはなかったと思います」

茉利花がそう言い、土門の顔を直視した。

黒曜石のようによく光る瞳は、魅惑的だった。睫毛《まつげ》が驚くほど長い。鼻筋も通り、やや肉厚な唇はセクシーだ。

服装のセンスも悪くない。グリーングレイのテーラードスーツを粋《いき》に着込んでいる。

ダイヤのネックレスが眩《まばゆ》い輝きを放っていた。一カラットはありそうだ。

やがて、メインディッシュが届けられた。仔羊《こひつじ》の肉には、トリュフがあしらわれていた。

土門は茉利花にワインを勧めた。

茉利花は少しも遠慮しなかった。注いだワインをおいしそうに飲んだ。

ワイングラスを呷《あお》るとき、茉利花は白い喉元を大胆に晒した。それを目にするたびに、土門は淫《みだ》らな気分になった。

首藤の娘は、ベッドでどのような痴態《ちたい》を見せるのか。クライマックスに達したとき、どう反応するのだろうか。どんな声を洩らし、裸身をどのようにくねらせるのか。

土門は想像しただけで、勃起《ぼっき》しそうになった。慌《あわ》てて茉利花から目を逸《そ》らす。

茉利花はメインディッシュを食べ終えると、さりげなく化粧室に向かった。後ろ姿は妙になまめかしかった。

土門は何が何でも茉利花を抱きたくなった。

しかし、初対面である。しかも茉利花は、五日前に父親を亡くしたばかりだ。まともに口説《くど》いたら、逃げられてしまうだろう。

卑劣だが、奥の手を使うほかなさそうだ。

土門は上着の内ポケットから、スウェーデン製の強力な睡眠導入剤を取り出した。

もともとは錠剤だが、砕《くだ》いて粉末にしてある。

名うての棹師《さおし》が使っていたものだった。だいぶ前に押収品保管庫からくすねておいたのだ。土門は茉利花のワインに手早く睡眠導入剤を混入した。グラスを振って、薬を溶かす。

ほどなく茉利花が席に戻ってきた。彼女は、ためらうことなくワインを口に運んだ。別段、怪しむ様子はうかがえない。

土門は口許《くちもと》が緩《ゆる》みそうになった。ことさら唇を引き結んで、ラークとライターに手を伸ばす。デザートの洋梨のシャーベットが運ばれてきて間もなく、茉利花の口数が急に少なくなった。動作も鈍い。

「酔いが回ったのかな？」

土門は訊いた。

「わたし、ワインを飲み過ぎたのかもしれません。なんだか急に瞼《まぶた》が重くなってきたんです」

「それじゃ、出よう。タクシーで家まで送るよ」

「いいえ、そこまでは甘えられません。わたし、ひとりで帰ります」

茉利花が言って、腰を浮かせた。だが、すぐによろけて尻を椅子に戻す形になった。

土門は立ち上がって、茉利花の片腕を摑んだ。支《ささ》え起こし、ゆっくりとレジに導く。

土門は急いで勘定を払い、店を出た。

少し待つと、空車が通りかかった。

すでに茉利花は半ば意識を失っていた。タクシーの後部座席に坐らせると、彼女はかすかな寝息を刻みはじめた。

土門は、茉利花を六本木《ろっぽんぎ》にあるシティホテルに連れ込んだ。九階のダブルベッドの部屋に入ると、彼は茉利花の衣服とランジェリーを剝《は》ぎ取った。

途中で茉利花は幾度か低く唸ったが、目は覚まさなかった。土門は神々《こうごう》しいまでに白い裸体を見ながら、衣類をかなぐり捨てた。

蜜蜂のような女体を目でなぞっていると、欲望が急激に肥大した。ペニスは角笛《つのぶえ》のように反《そ》り返った。

土門は静かに胸を重ねた。

茉利花の張りのある乳房が弾んで平たく潰れた。土門は茉利花の上瞼にくちづけしてから、セクシーな唇を吸った。ルージュは、ほんのり甘かった。

茉利花は身じろぎもしない。土門は項《うなじ》や襟足《えりあし》に口唇を這わせ、薄紅色《うすべにいろ》の乳首を吸いつけた。乳首は少しずつだが、はっきりと膨らみを増した。

土門は乳頭を代わる代わる吸いつけながら、恥丘に右手を進めた。

陰毛は短冊《たんざく》の形に生えていた。縮れがやや強い。指先に絡みそうだったが、意外にも楽に梳《くしけず》ることができた。和毛《にこげ》だからだろう。

土門は愛撫の手を休めなかった。

敏感な芽は蛹《さなぎ》のような形状になり、硬く張りつめた。土門は小さな双葉を押し開いた。複雑に折り重なった襞《ひだ》は潤んでいた。指を一本だけ潜《くぐ》らせる。

茉利花はわずかに身じろいだが、瞼は閉じたままだった。

いつになく土門は猛っていた。眠っている女の性器に指を挿《さ》し入れたのは、初めてだった。そのせいか、異常なほど興奮していた。

土門は、もう一本指を埋めた。

やはり、茉利花は起きない。土門は二本の指で内奥をこそぐるように擦り立てた。

それから間もなく、膣壁が汗をかいたように濡れはじめた。

その直後、茉利花が目覚めた。

「ここはどこ？　いや、何をしてるの！」

「心配ない、心配ない」

土門は笑顔で言って、大急ぎで体を繋《つな》いだ。

茉利花が驚き、全身で抗《あらが》った。土門は茉利花の両腕をシーツに押さえつけ、律動を加えはじめた。ベッドマットが弾みに弾んだ。

「刑事がレイプするなんて、最低だわ。離れて！　早く離れてちょうだい」

茉利花が涙声で叫んだ。

「ここまで来たら、後戻りは難しいな」

「いやーっ、離れて！」

「早く終わらせるから、もう少しつき合ってくれ」

土門はスラストを速《はや》めた。もっと時間をかけてゆっくりと娯《たの》しみたいところだが、贅沢《ぜいたく》は言えない。

土門はゴールに向かって疾走《しっそう》しつづけた。七、八分で果ててしまった。

茉利花が絶望的な溜息《ためいき》をついた。土門は結合を解いた。

「なんでこんなひどいことをしたのっ」

「そっちがあんまりセクシーだったんで、つい魔が差しちまったんだ。ごめん！　勘弁してくれないか」

「赦《ゆる》せないわ。あなたを訴えてやるー」

「前科を背負うのは怖くないが、破廉恥《はれんち》罪で捕まるのはみっともないな。何でもするから、許してくれねえか」

「それじゃ、父を殺した犯人を見つけて、あなたの手でこっそり処刑してちょうだい」

茉利花が言った。

「冗談だろ⁉」

「本気よ。わたしの希望を叶《かな》えてくれなかったら、あなたを強制性交等（旧強姦）で刑務所に送ることになるわよ。それでもいいのっ」

「おれの負けだ。そっちの言う通りにするよ」

土門は仰向けになった。茉利花がベッドを降り、トイレに駆け込んだ。

4

若い刑事が捜査資料を差し出した。

土門は資料を受け取った。新宿署刑事課の一隅だ。茉利花を犯した翌日の夜である。七時半を過ぎていた。

土門は資料に目を通した。混成外国人犯罪集団『ダイナマイト』のことが詳しく記述されている。主要メンバーはコロンビア人、中国人、イラン人で、約五十人だった。

混成外国人マフィアたちはこの一年間に、関東やくざの御三家である稲森会《いなもりかい》、住川会《すみかわかい》、極友会《きょくゆうかい》の二次団体の組事務所にそれぞれ二度ずつ手榴弾《しゅりゅうだん》を投げ込み、居合わせた組員たちに重軽傷を負わせた。また、歌舞伎町で御三家のやくざを見かけると、彼らは必ず襲いかかっているらしい。

「『ダイナマイト』のリーダーのパウロって奴は、コロンビア人だな?」

土門は、橋場《はしば》という姓の刑事に確かめた。

「ええ、そうです。パウロはコロンビアのコカイン密売組織のメンバーだったんですが、兄貴分の情婦《おんな》を寝盗《ねと》って、向こうにいられなくなったんですよ。で、日本にやってきたわけです。大久保通りや職安通りに立ってるコロンビア人街娼《がいしょう》を仕切ってます。コカインとブラジル製拳銃ロッシーの密売もやってるようですが、まだ証拠固めはできてません」

「そうか。『ダイナマイト』のアジトは？」

「大久保通りにある『マルガリータ』というラテンパブが連中の溜《た》まり場です。その店のママは、パウロの愛人のイザベルです。パウロが三十五歳で、イザベルが二十六です」

「二人の写真は？」

「あります」

橋場が上着の内ポケットから一葉《いちよう》のカラー写真を抓《つま》み出し、卓上に置いた。

土門は印画紙に目を落とした。古ぼけたマンションから出てくる男女が写っている。

パウロは男臭い顔立ちで、上背もあった。イザベルは典型的なラテン美人だ。グラマラスで、陽気そうな印象を与える。

「パウロとイザベルは同棲《どうせい》してるんだな」

「ええ、そうです。その資料に百人町《ひゃくにんちょう》の家《ヤサ》の住所が書いてあるはずです」

「ああ、書いてあるな。それはそうと、川口組の人間が『ダイナマイト』の連中と接触してることは間違いないのか？」

「それは間違いありません。都内にある川口組系の企業舎弟《フロント》の社長たちが代わる代わるパウロと西新宿の高層ホテルのバーで会ってるんですよ。密談の内容まではキャッチできませんでしたが、パウロが現金《ゲンナマ》を受け取ったことは確認済みです」

「そうか」

「土門さんは、関東仁友会の首藤が『ダイナマイト』の奴らに射殺されたと睨《にら》んでるんですね」

「その疑いはあるんじゃねえか」

「それでは、これから同僚の方とペアで内偵捜査をされるんでしょ？」

「うん、まあ」

「お二人だけで奴らのアジトに潜入するのは、ちょっと危険です。連中は、われわれ警察官を少しも怕《こわ》がっちゃいませんからね。新宿署の人間も同行したほうがいいと思いますが……」

「しかし、おたくたちはもう面が割れてるんだよな？」

「ええ。ですんで、われわれはバックアップ要員として動きますよ」

「せっかくだが、遠慮しておこう。今夜は、『マルガリータ』とパウロの家《ヤサ》に出入りする奴をチェックするだけだからさ」

「そうですか。支社の人間じゃ、頼りになりませんよね。本社には優秀な方たちが大勢いらっしゃるからな」

橋場が自嘲《じちょう》的に呟《つぶや》いた。警察関係者たちは仲間うちで警視庁を本社、所轄署を支社と呼んでいる。

「僻《ひが》むなって」

「すみません。つい見苦しいところを見せてしまって。わたし、本庁勤務にずっと憧《あこが》れてきたもんで」

「桜田門は有資格者《キャリア》たちがでかい面《つら》してて、あまり愉しくないぜ。所轄署で伸び伸びと働くほうが精神衛生にはずっといい」

「そうかもしれませんが、本社勤めは警察学校時代からの夢なんですよ」

「そのうち桜田門に転属になるかもしれないぜ。協力、ありがとな」

土門はソファから立ち上がった。

橋場に見送られて刑事課を出る。三階だった。土門は階段を下《くだ》って、一階に降りた。表に出たとき、急に茉利花に電話をしたくなった。前夜、別れしなに彼女のスマートフォンのナンバーを教えてもらっていた。

土門はスマートフォンを取り出し、茉利花に電話をかけた。ツーコールで、電話は繋《つな》がった。

「おれだよ。昨夜《ゆうべ》は、いい思いをさせてもらった。その礼が言いたくてね」

「…………」

「まだ怒ってるようだな。今夜、どこかで会えないか？　おれたち、体の相性《あいしょう》は悪くないと思うんだ」

「きのうのことでわたしの弱みを握ったと考えてるんだったら、大間違いよ」

「あんまりつんけんするなって。おれ、そっちに惚《ほ》れちまったようなんだよ。また会いたい気持ちなんだ」

土門は言った。でまかせだった。単に性欲を充たしたいだけだ。

そもそも土門は、女性に多くを求めていない。女たちとは肌を貪《むさぼ》り合うだけで充分だ。情感の伴わない交わりは虚しいが、それでも束の間、心が和《なご》む。それ以上のことは期待していなかった。

「わたしは迷惑です」

「好きな野郎がいるのか？」

「その質問に答えなければならない義務はないわ！」

「堅いな、堅すぎる。もっと人生、愉しくやろうや。形はどうあれ、おれたちはもう男と女の関係になったんだ。あと一回、フルコースで愛し合ってもいいだろうが」

「法廷で会いましょう」

茉利花が硬い声で言った。

「冗談だろ？」

「本気よ。これから警察に行って、きのうのことを何もかも話すわ」

「待ってくれ、強引に誘ったりしないから、昨夜のことは水に流してくれねえか」

「わたしの体を二度と求めたりしないと誓える？」

「ああ、誓うよ」

土門は即座に応じた。口約束などは、いつでも反古《ほご》にできる。適当に調子を合わせておけばいい。

「そういうことなら、レイプの親告《しんこく》は取りやめてもいいわ」

「ひとつ穏便《おんびん》に頼むよ。それはそうと、明日あたり浜田山《はまだやま》の自宅に行く。おれ、まだ親父さんに線香も上げてないから……」

「わたしの家には来ないで！　あなた、どういう神経してるの⁉」

「怒らせちまったか」

「単独捜査はしてくれてるの？」

「早速、動きはじめてるよ。混成外国人マフィアどもが事件に関与してるかもしれねえんだ」

「なんですって⁉」

茉利花が驚きの声を洩らした。

土門は『ダイナマイト』のことを手短に伝えた。

「その連中がどうして父を殺さなければならなかったわけ？　父は関東仁友会の理事だったのよ。御三家とは関わりがないんだから、川口組に目をつけられるのは変だわ。ね、そうでしょ？」

「親父さんは、『ダイナマイト』の連中を背後で操《あやつ》ってるのが川口組だと見抜いたんだろうな。それで、川口組から個人的に口止《くちど》め料をせしめる気でいたのかもしれないぜ」

「だから、川口組が怒って誰かに父を撃ち殺させたというの？」

「おおかた、そんなとこだろうな」

「父の会社は黒字経営だったのよ。恐喝めいたことをする必要はなかったはずだわ」

「金ってやつには、魔力がある。それに、いくらあっても邪魔になるもんじゃない。首藤さんには何か事情があって、少しまとまった金を工面《くめん》したかったんじゃねえのかな？」

「父は、そのへんのチンピラじゃないわ。恐喝なんかしなかったと思うわ。相手は、泣く子も黙る川口組だったわけでしょ?」

「人間は追い詰められたら、何でもできるもんさ。とにかく、『ダイナマイト』のリーダーを締め上げてみるよ」

土門はスマートフォンを懐に戻した。青梅街道の向こう側に渡り、新宿大ガードに向かって歩きはじめた。大ガードを潜《くぐ》り抜けて、歌舞伎町一番街に入る。

防犯カメラがあちこちに設置されてからは、ぼったくりバーの客引きの数は少なくなった。それでも靖国《やすくに》通りには、危険ドラッグや覚醒剤の売人が何人も立っていた。

新宿東宝ビルの手前まで歩くと、前方からイラン人らしき二人組がやってきた。ともに三十代の前半だった。片方は大柄だが、もうひとりはずんぐりとした体型だ。擦《す》れ違うとき、ずんぐりとした男の体が土門に触《ふ》れた。

土門は立ち止まり、無言で相手の腰を蹴った。

ずんぐりとした男が前のめりに倒れた。連れの男が気色《けしき》ばみ、たどたどしい日本語で喚《わめ》いた。

「おまえ、よくない。わたしの友達に、ごめんなさいして」

「てめえの友達《ダチ》がぶつかってきたんだ。謝りもしなかったから、蹴飛ばしたんだよ。なんか文句あんのかっ」

「暴力《バイオレンス》、悪いことね」

「うるせえ。ガタガタ言ってると、おまえらを東京入管に引き渡すぞ。どうせオーバーステイなんだろうが！」

「おまえ、何者？」

ずんぐりとした男が起き上がり、早口で訊いた。土門は無言で踏み出し、相手の向こう臑《ずね》を思うさま蹴った。骨が鳴った。

相手が呻きながら、屈《かが》み込んだ。

土門は男の顔面に蹴りを入れた。めりっという音がした。前歯が折れたらしい。

ずんぐりとした男がむせながら、血塗れの前歯を吐き出した。一本ではなく、二本だった。

「わたし、怒った。おまえ、殺す！」

連れの男が息巻《いきま》き、黒いレザージャケットのポケットから折り畳み式のナイフを摑み出した。

刃が起こされた。刃渡りは十三、四センチだった。土門は少しも怯《ひる》まなかった。蕩《とろ》けるような笑みを浮かべた。

大柄な男がナイフを閃かせた。

白っぽい光が揺曳《ようえい》した。だが、切っ先は土門に届かなかった。

ナイフが男の手許《てもと》に引き戻された。

反撃のチャンスだ。土門は地を蹴った。相手に組みつき、大腰《おおごし》で投げ飛ばす。大柄な男は路上駐車中のワゴン車にぶつかり、そのまま落下した。弾みで、フォールディングナイフが手から離れた。

土門は屈《かが》んで、素早くナイフを拾い上げた。

「おまえ、わたしを刺すのか⁉」

相手の声は震えを帯びていた。

「ナイフを返すだけさ」

「返すだけ？」

「ああ、そうだ。おっと、手が滑っちまった」

土門はにやりとして、大男の太腿《ふともも》にナイフを垂直に突き立てた。相手が歯を剝いて、長く唸った。

「ナイフ、返したぜ」

土門は腰を伸ばし、連れの男に目を向けた。

ずんぐりとした男は後ずさり、焦《あせ》って逃げ去った。いつの間にか、野次馬が群れていた。

土門は人垣を搔き分け、何事もなかったような顔で先を急いだ。若い男がスマートフォンで一一〇番通報する声が耳に届いたが、特に歩度は速めなかった。

土門は職安通りを突っ切り、西大久保公園の前を抜けて大久保通りに出た。目的の『マルガリータ』は、ＪＲ新大久保駅から数百メートル離れた場所にあった。飲食店ビルの地階だ。

土門は地下一階に降り、『マルガリータ』の黒い扉を開けた。そのとたん、凄まじい音量のサルサが耳を撲《う》った。店内は、さほど広くない。右手にＬ字形のカウンターがあり、左手にボックスシートが幾つか見える。

客の姿は見当たらない。若い東洋人の男がカウンターの向こう側で、洗いものをしていた。日本人とは、どこか顔の造りが違う。中国人かもしれない。

「パウロは？」

土門は、バーテンダーと思われる男に声をかけた。相手が訛《なまり》のある日本語で応じた。

「あなた、誰？　わたし、それ、知りたいね」

「わしは川口組の者《もん》や」

土門は、関西の極道になりすました。

「ああ、神戸の……」

「そうや。まだパウロは、百人町のマンションにおるんか？」

「はい、そうね。パウロさん、まだ自分のマンションにいるよ」

「ママのイザベルは？」

「まだ、来てない。ママは毎晩、十時過ぎに来る。パウロさんが来る時間は決まってないね。真夜中に来たり、明け方に来たりしてるよ。この店、朝の七時まで営業してる」

相手が答えた。

「そうやてな。あんたも『ダイナマイト』のメンバーなんやろ?」

「そうね。けど、わたし、まだ下《した》っ端《ぱ》よ」

「じっと辛抱《しんぼう》しとったら、いまに幹部になれるやろ。それまで頑張りいな。ほな、パウロのマンションに行ってみるわ」

土門はでたらめな関西弁で言いおき、ラテンパブを出た。

来た道を引き返し、『カーサ百人町』をめざす。パウロの自宅マンションは造作なく見つかった。八階建てのマンションだった。出入口はオートロック・システムではなかった。

土門は勝手にエントランスロビーに入り、エレベーターに乗り込んだ。新宿署の捜査資料によると、パウロとイザベルは五〇六号室に住んでいるはずである。

土門は函《ケージ》が動きはじめてから、透明なマニキュアの小壜《こびん》を上着のポケットに入れ忘れたことに気づいた。指の腹と掌紋《しょうもん》をマニキュアで塗り潰すつもりだったが、諦《あきら》めざるを得ない。

パウロの部屋から引き揚げるとき、ドアのノブをハンカチで拭《ぬぐ》おう。土門は胸底で呟いた。

エレベーターが停止した。五階だった。

土門はエレベーターホールに降り、五〇六号室に足を向けた。

幸運にも、歩廊《ほろう》に人影はなかった。土門は青いスチールドアに耳を寄せた。浴室から男女の話し声がかすかに響いている。

スペイン語だった。パウロは愛人のイザベルと入浴中らしい。素っ裸では、二人とも逃げるに逃げられないだろう。

土門は上着の内ポケットから万能鍵を取り出し、手早くドアのロックを外した。玄関ドアを静かに開け、そっと室内に忍び込む。

土足のまま、いったん奥まで進んだ。間取りは2LDKだった。どの部屋にも電灯が点いていたが、誰もいなかった。

土門は抜き足で浴室に近寄った。

ドアを押し開ける。パウロとイザベルは湯船の中で向かい合って、ディープキスを交わしていた。パウロの脚《あし》の上に跨《また》がったイザベルの髪はブロンドに染められていたが、陰毛は真っ黒だった。しかも、驚くほど毛深い。

土門はドアを拳《こぶし》で強く叩いた。

舌を絡め合っていた二人が慌てて裸身を離した。パウロが土門を睨みながら、スペイン語で何かまくしたてた。

「日本語で喋ろうや」

土門は言って、警察手帳を短く呈示した。

「あなた、本当にコップか？」

「結構うまいじゃないか、日本語」

「日本のポリスマン、マナーを知らないね。無断で他人の自宅に押し入るのは、失礼なこと。用があるんだったら、あなた、部屋の外で待つべきよ」

パウロが言いながら、鏡の下の棚《たな》に目をやった。そこには西洋剃刀《かみそり》があった。

「あなた、ほんとに失礼ね」

イザベルも日本語で土門を詰《なじ》った。

パウロが抜け目なく西洋剃刀を摑み上げようとした。土門は洗い場で、パウロの右腕を蹴った。パウロは剃刀を摑めなかった。

土門は西洋剃刀を抓み上げ、刃を引き起こした。

「あなた、何を考えてる⁉」

パウロが目を剝いた。土門は無言でパウロの頸動脈《けいどうみゃく》に剃刀の刃を寄り添わせた。

「訊かれたことに正直に答えりゃ、痛い思いはしなくて済む。おまえは、『ダイナマイト』のリーダーだなっ」

「あなた、なんの話をしてる？」

「空とぼける気か」

「わたし、何も嘘《うそ》ついてないよ」

パウロが口を尖らせた。

土門はパウロの頭髪を引っ摑み、そのまま立ち上がらせた。首筋に刃物を押し当てられたパウロは、まったく抵抗しなかった。

「彼をどうする気？」

イザベルが不安顔で問いかけてきた。

「しゃぶってやれ」

「え？」

「パウロのシンボルを口で大きくするんだ。言われた通りにしないと、パウロの頸動脈を搔っ切るぞ」

土門は冷然と告げた。イザベルはパウロと母国語で何か言い交わすと、諦め顔で湯の中で膝立ちになった。

パウロの分身はうなだれていた。

イザベルが手でパウロの性器を刺激しはじめた。一分ほど経過すると、ようやく半立ちになった。すかさずイザベルがペニスをくわえ、舌を舞わせはじめる。

土門は頃合を計って、フェラチオを中断させた。

パウロの体は反り返っていた。土門は西洋剃刀で、ペニスの根元を浅く断《た》った。

血しぶきがイザベルの顔面を汚した。パウロが獣じみた声を放ち、湯船の底に尻《しり》から落ちた。湯に少しずつ鮮血が溶け、やがて真紅に染まった。

「パウロを殺さないで……」

イザベルが哀願した。

土門は黙ったまま、ふたたびパウロの首筋に血糊《ちのり》でぬめった剃刀を密着させた。

「おまえは川口組に頼まれて、関東の御三家の縄張り荒らしをしてきたな？」

「病院に行かせてくれ。痛くて気が遠くなってきたよ」

「死ぬ前に十字を切らせてやろう」

「やめろ、殺さないでくれ。川口組に頼まれて縄張り荒らしをやったことは認める。謝礼に目が眩《くら》んでしまったね、わたし」

「それだけじゃなく、川口組の息のかかった奴に別のことも頼まれたんじゃねえのかっ」

「別のこと？」

パウロが唸りながら、訊き返した。

「そうだ。おまえは、関東仁友会の首藤正邦という理事も始末した。違うかい？」

「そんなことは頼まれてない。ほんとにほんとね」

「おまえが正直者がどうか体に訊いてみよう」

「それ、どういう意味⁉」

「すぐにわかるさ」

土門はパウロの片方の外耳を抓むなり、無造作に剃刀で切断した。チーズを切ったような手応えだ。パウロが絶叫し、片手で傷口を押さえる。

イザベルも高い悲鳴を放った。

「首藤殺しには関与してないのか？」

「わたし、嘘ついてないよ」

「その言葉を信じてやろう」

土門は薄く笑って、手にしている切断した耳を浴槽の中に落とした。それはゆらゆらと揺れながら、赤く染まった湯の底に沈んだ。

「あなた、クレージー！」

イザベルが立ち上がって、土門を罵《ののし》った。

「そうかもしれねえな」

「絶対に狂ってるわ」

「喚くな」

土門はイザベルの巨大な乳房を鷲摑《わしづか》みにして、捩切《ねじき》るように捻《ひね》った。

イザベルが痛みを訴える。円《つぶ》らな黒い瞳が戦《おのの》いていた。

「パウロに惚れてるんだったら、片耳を氷で冷やしながら、病院に運んでやるんだな」

土門は言って、浴室を出た。洗面所で西洋剃刀に付着した血を洗い流し、ハンカチで柄を神経質に拭《ぬぐ》う。

土門は剃刀を洗面台に置き、玄関ホールに急いだ。ドアのノブもハンカチできれいに拭《ふ》き、ごく自然に五〇六号室から遠ざかった。

マンションを出ると、暗がりで人影が動いた。

土門は闇を透《す》かして見た。物陰に潜《ひそ》んでいるのは警察庁の監察官だった。城島透《じょうじまとおる》という名で、三十四歳だ。

警視庁と警察庁の監察官たちは連動して、警察官や職員の不正を摘発している。これまでに土門は数えきれないほど城島にマークされてきた。そのつど尾行をうまく撒《ま》き、何も尻尾は摑まれていない。

今夜も城島をきりきり舞いさせてから、急に消えてやろう。

土門は口の端をたわめ、ゆっくりと歩きだした。ややあって、城島の靴音が小さく響いてきた。

第二章　怪しい極東マフィア

1

　尾行は執拗《しつよう》だった。

　土門は、城島に尾《つ》けられていることがうっとうしくなってきた。歌舞伎町の花道《はなみち》通りを歩行中だった。

　すでに付近を三周している。土門は暴力団関係者を見かけるたびに必ず声をかけ、さも親しげに振る舞った。筋者たちといかにも癒着《ゆちゃく》しているかのように見せかけ、仕事熱心な監察官の士気《しき》を高めてやったわけだ。一種の退屈しのぎだった。

　違法風俗店やポルノショップも覗《のぞ》き、店長たちと冗談を言い交わした。路上に立つ娼婦《しょうふ》たちとも挨拶《あいさつ》をした。

　だが、そうしたことにも飽《あ》きてきた。土門は城島を陥《おとしい》れる気になった。

　すぐに妙案が閃《ひらめ》いた。土門はあずま通りに折れ、新宿区役所の前を通って靖国通りに出た。新宿五丁目交差点に向かう。

新宿二丁目に、元やくざがママをやっているゲイバーがある。『パープル』という店だった。

土門は城島をゲイバーに誘い込み、罠に嵌《は》める気になっていた。明治通りを横切り、静岡銀行の横から裏通りに入る。

目的の酒場は、新宿二丁目のほぼ真ん中にある。花園《はなぞの》通りに面していた。

そのあたり一帯はゲイたちの聖地だ。ゲイバーが多い。ゲイ専用のラブホテルも幾つかある。

ほどなく『パープル』に着いた。

土門は薄暗い店内に入った。客の姿は見当たらない。ママの麻耶《まや》が従業員のケメコとカウンターを挟んでブラックジャックに興《きょう》じていた。

ケメコはカウンターの中にいた。元鉄筋工で、二十二、三歳だ。厚化粧をして、古代服に似た白いローブをまとっている。麻耶がスツールごと振り向き、満面の笑みを浮かべた。女装はしていないが、きれいにメイクアップしている。

麻耶は三年前まで、ある博徒一家の壺《つぼ》振りを務《つと》めていた。やくざ時代にも男色趣味はあったようだが、傷害罪で府中刑務所に服役中にマッチョな男役と恋に落ち、本格的な同性愛者になったらしい。今年で三十二歳になると聞いている。

「旦那《だんな》、どういう風の吹き回しなの？」

麻耶がスツールから滑り降り、駆け寄ってきた。

「閑古鳥《かんこどり》が鳴いてるな。壺振りから尻振りにシフトしたんだから、もっとバックを使って、客たちを通わせろや」

「お下劣《げれつ》ねえ」

「愛《いと》しい男とは、うまくいってんのか？」

「ううん、半年ぐらい前に棄《す》てられちゃったの」

「そうなのか」

土門は言った。

「失恋したんで、あたし、七キロも痩《や》せちゃったのよ」

「そう言われりゃ、撫で肩が一段とほっそりしたな。当分辛いだろうが、元気を出せや。出会いは別れの始まりだが、別れは出会いの始まりでもある」

「極悪刑事には似合わない台詞《せりふ》ね。さんざん悪さをしてきたんで、ここらで改心する気になったわけ？」

麻耶が笑いを含んだ声で茶化した。

「殺されたって、生き方を変えたりするもんか。おれは好き勝手をやって、太く長く生きることに決めたんだ」

「旦那、太く短くじゃないの？」

「いや、太く長くだよ」

「欲張りね。ところで、今夜は何なの？　まさかうちの店で飲みたくなったわけじゃないでしょ？」

「わかってることを言うなって」

「旦那には傷害で逮捕《パク》られたときに世話になったから、力になるわよ」

「そうかい。実はな、警察庁《サッチョウ》の監察官にだいぶ前からマークされてんだ。いまも、その男に尾けられてるんだよ」

「えっ、そうなの」

「この店の近くにいるにちがいない。そいつは城島って名なんだ。ママ、城島をうまく店内に誘い込んで、こいつで眠らせてくれねえか」

土門は上着のポケットから、例のスウェーデン製の睡眠導入剤のパケを抓《つま》み出した。

「それ、睡眠薬ね？」

「ああ。効き目は速《はえ》えんだ」

「城島とかいう監察官を眠らせたら、どうすればいいの？」

「真っ裸にしてくれ。それでママも全裸になって、城島の上にのしかかってほしいんだ。おれはどこかに隠れてて、城島が目を覚ますころ、姿を現わす」

「監察官を〝隠れゲイ〟に仕立てちゃうのね？」

「そういうことだ」

「わかったわ。目を覚ます前に、動画撮影したほうがいいんじゃない？」

「そうするか」

「なんだったら、くわえてやってもいいわよ。だいぶお口を使ってないから、久しぶりにしゃぶりたい気もしてるの」

「それなら、城島のマラをくわえてもらうか。おれは、そのシーンを動画撮影する」

「そうすれば、きっと旦那はもうマークされなくなるわよ」

麻耶がそう言いながら、睡眠導入剤のパケを受け取った。

「問題は、どうやって城島をここに誘い込むかだな」

「旦那、こういう手はどうかしら？　カンパリとトマトジュースを混ぜた液体をケメコの顔や首に塗らせて、表に飛び出させるの」

「店の客が暴れたことにするわけか」

「ええ、そう。それでね、外で張り込んでる監察官に救いを求めさせるのよ。警察関係者なら、すぐ事情を聴きに来るはずだわ。わたしは物陰に隠れてて、高圧電流銃《スタンガン》で城島という男をとりあえず気絶させる。で、息を吹き返す前に睡眠薬入りの飲み物を喉《のど》に流し込んじゃう」

「そう事がうまく運ぶとは思えねえな」

土門は言った。

「そうかしら？」

「城島を店に誘い込むまでの作戦は、ママのアイディアでいこう。高圧電流銃で城島が床に崩れ込んだら、後はおれが顎《あご》と肩の関節を外すよ」

「そうか、旦那は大学時代にレスリングをやってたんだったわね。それじゃ、その手でいきましょう」

麻耶がケメコにカンパリとトマトジュースを混ぜ合わせるよう指示し、自分のバッグから高圧電流銃を取り出した。

「いつから、そんな物を持ち歩いてるんだい？　元やくざらしくねえな」

「先々月、お店の帰りにアフリカ人らしき三人組に売上金を奪われそうになったのよ。三人とも大男だったの。たまたま車が通りかかったんで、その三人組は慌《あわ》てて逃げていったけどね。でも、ほんとに危《ヤバ》かったのよ」

「それで、そいつを持ち歩くようになったのか」

「ええ、そう」

「悪いが、ひとつ協力してくれねえか」

土門はケメコに言った。

「ええ、わかったわ。でも、しくじったら……」

「失敗《ドジ》っても、どうってことねえさ。おれは警察上層部の弱みを握ってるんだ」

「へえ、すごい！」

ケメコが感心した口ぶりで言い、自分の顔や首に赤い液体を塗りたくりはじめた。

土門は、ケメコに城島の特徴を教えた。ケメコがカウンターから出てくる。

「塗りつけたもの、ママ、血に見える？」

「表の暗がりなら、血に見えると思うわよ」

「そう」

「うまくやってちょうだい」

麻耶がケメコの尻を平手で軽く叩《たた》いた。ケメコは深呼吸してから、外に出ていった。

「旦那は更衣室に隠れてて。城島という男が床に倒れ込んだら、あたし、大声で呼ぶわよ」

「わかった」

土門はカウンターの脇を抜けて、店の奥に進んだ。更衣室は手洗いと向かい合う位置にあった。

土門は電灯のスイッチを入れ、更衣室に入った。

畳二枚分ほどの広さだ。壁には、ハンガーフックが並んでいる。麻耶とケメコのコートが吊《つ》るしてあった。

右手の棚には、デジタルカメラ、店名入りのライターの詰まった箱、文庫本、DVDなどが雑然と載っている。土門は円椅子《まるいす》に腰かけ、デジタルカメラを手に取った。

麻耶は出入口近くに隠れ、高圧電流銃《スタンガン》を構えているのか。ひっそりと静まり返り、咳払《せきばら》いひとつ聞こえない。

土門はデジタルカメラをいったん棚に戻し、脚《あし》を組んだ。無性《むしょう》に煙草《たばこ》が喫《す》いたくなったが、近くに灰皿はなかった。

五分が過ぎ、十分が流れた。

ケメコはいっこうに戻ってくる気配がない。城島は店の近くに張り込んではいなかったのか。ケメコは城島の姿を求めて、駆けずり回っているのだろうか。

「旦那、あたしよ」

麻耶がそう言いながら、更衣室に近づいてきた。

土門は円椅子から腰を浮かせ、更衣室のドアを押し開けた。ちょうどそのとき、麻耶が目の前にたたずんだ。

「ケメコ、相手に怪しまれたみたいなの。あたし、店のドアを細く開けて、表の様子をうかがってみたのよ。そうしたら、城島と思われる三十代前半の男がケメコの片腕をしっかり摑《つか》んで、何か険《けわ》しい表情で喋ってたわ」

「なら、おそらく城島は罠の気配に気づいたんだろう」

「旦那、どうする？　あたし、そっと監察官に近づいて、首に高圧電流銃《スタンガン》の電極を押し当ててもいいわよ。数十秒は動けない状態になるだろうだから、その間に旦那が城島の顎の関節を外しちゃえば？」

「城島たち二人は、この店からどのくらい離れてる？」

「十四、五メートルだと思うわ。旦那、監察官を店に引きずり込んじゃいましょうよ」

「いや、やめとこう」

土門は短く迷ってから、決断した。城島を『パープル』に引きずり込むところを通行人に見咎《みとが》められたら、麻耶に迷惑が及ぶ。

「旦那、妙な気遣いなんか無用よ。あたしは別に怕《こわ》いものなんかないんだから」

「わかってる。そっちは、ここにいてくれ。ケメコは何とかするよ」

「あたしも一緒に行く」

麻耶が言った。土門は手で麻耶を制し、急いで『パープル』を出た。

城島とケメコは右手の暗がりに立っていた。土門は二人に大股で歩み寄り、城島に話しかけた。

「おれの知り合いが何をしたって言うのかな」

「このオカマはおたくと結託《けったく》して、わたしに何か仕掛けようとした。図星でしょうが？」

城島が勝ち誇ったように言い、皮肉っぽい笑い方をした。そのとき、ケメコが急に城島の手を振り切って、男言葉で吼《ほ》えた。

「てめえ、言葉に気をつけろ。オカマって言い方は差別語だろうがっ」

「オカマはオカマだ」

「警察庁のエリートだか何だか知らねえけど、でけえ口をたたくんじゃねえや」

「頭に血が昇っちまったようだが、そっちは店に戻っててくれ。悪かったな」

土門はケメコをなだめた。ケメコは城島を憎々しげに睨《にら》みつけ、小走りに走り去った。

「そんなに点数を稼ぎたいのか？　だったら、職階の低い刑事なんかマークしてねえで、有資格者《キャリア》たちの悪さを先に内部告発すべきだな」

「キャリアたちが何か不正を働いてるとでも言うんですか？」

城島が挑むように言った。

「白々《しらじら》しいぜ。まさか偉いさんたちが清く正しく美しく生きてるなんて寝言を口にするんじゃないよな」

「上層部の方々は、どなたも警察の信頼を取り戻そうと苦心されてます。一部の悪徳警官が税金を無駄に遣《つか》い、袖《そで》の下に汚れた金を貯《た》め込んでます。そうした不心得者たちは、断じて排除しなければなりません」

「疚《やま》しいことをしてるのは、俸給の安い下《した》っ端《ぱ》だけじゃない。偉い連中だって、権力や財力を握った大物たちの顔色をうかがいながら、私腹を肥やしてる。まず、そういうエリートたちの不正を弾劾《だんがい》すべきだな」

「土門警部補、証拠もないのに上層部の方たちを貶《おとし》めるような発言はよくありませんよ」

「証拠はある。必要なら、とりあえず十数人のキャリアの悪事の証拠を明日にでも提示するよ」

「そんなものがあるわけないっ」

「おれが勝手なことをしてるのは、知ってるよな。なのに、懲戒《ちょうかい》免職にはなってない。そこまで言えば、頭の切れるそっちにはもう察しがつくだろうが」

「何が言いたいんです？」

「おれは、いつでも上層部の首をすげ替えることができる」

「子供じみたはったり《ブラフ》ですね。土門警部補に何ができると言うんです？」

「いちいち職階をつけるんじゃねえ」

土門は怒鳴りつけた。

「警部補、あまり興奮しないでください。おたくはわたしよりも職階が下なんです」

「だから、なんだって言うんだっ」

「警部のわたしを侮辱する気なら、こちらも手加減はしませんよ。あなたの数々の悪行の裏付《ウラ》けを取って、必ず懲戒免職に追い込んでやります」

「やれるものなら、やってみろ！　その前に、そっちを島流しにしてやる」

「まるで暴力団組員の恫喝《どうかつ》ですね。ミイラ取りがミイラになってしまったわけですか」

「女みてえな厭味《いやみ》を言うな。警察庁にずっといたかったら、ストーカーみたいに男の尻《けつ》を追い回すんじゃねえ」

「わたしは、現職刑事の不正に目はつぶれません。われわれは国民の血税で食べさせてもらってるわけですからね」

「善人ぶるんじゃねえ。おれは、偽善者どもが大嫌いなんだ。ある意味では、殺人犯よりも悪質だからな」

「問題の多いご発言ですね。しかし、いまは不問に付《ふ》すことにしましょう。首を洗って待っていてください。今夜は、これで尾行を切り上げます」

城島が軽く頭を下げ、急ぎ足で遠ざかっていった。

土門は悪態をつき、『パープル』に足を向けた。

2

頭が重い。

二日酔いだった。土門は前夜、『パープル』を出てから明け方まで歌舞伎町を飲み歩き、西武新宿駅近くのシティホテルに泊まったのだ。

午前十時を回っていた。

土門は洗顔を済ませると、身仕度《みじたく》をした。時間はかからなかった。ほどなく土門は十一階のシングルルームを出て、エレベーターで一階に降りた。フロントでチェックアウトして、正面玄関前でタクシーに乗り込む。

「どちらまで？」

五十年配の運転手が面倒臭そうに訊《き》いた。

土門は口を結んだまま、運転席の真後ろにあるプラスチックの仕切りボードを拳《こぶし》で叩いた。

「な、何なんです⁉　いきなり乱暴なことをして」

「サービス精神が足りなすぎるな」

「え？」

「さっきみたいに無愛想な喋り方をしたら、蹴《け》り殺すぞ」

「お客さん、酔ってるみたいだね」

運転手が顔をしかめた。

土門は、ふたたび仕切りボードを殴りつけた。鈍い音がして、ボードの留金《とめがね》が弾《はじ》け飛んだ。プラスチックの表面には、亀裂が走っていた。

「なんの真似なんだっ」

運転手が上体を捻《ひね》って、憤《いきどお》りを露《あらわ》にした。どこか小狡《こずる》そうな顔をしている。

「口の利き方が気に入らねえんだよ」

「ぶつぶつ言ってないで、降りてくれ」

「乗車拒否するつもりなら、そっちを犯罪者に仕立てるぞ」

「おたく、警察の人なの⁉」

「そうだ」

「わたしが悪《わる》うございました。で、どちらまで……？」

「虎ノ門だ」

「わかりました」

「外れた仕切りボードは弁償してやる。請求書は、警視庁組織犯罪対策部第四課の戸張課長宛に送ってくれ。ゼロを二つ三つ付け加えてもいいよ」

土門は言った。

「弁償してくれなくても結構です」

「そうかい。運転手さん、ありがとな」

「え？」

「おかげで、二日酔いの頭がすっきりしてきたよ」

「お客さんも人が悪いなあ」

タクシードライバーが安堵《あんど》した顔で言い、車を発進させた。

土門は、にやついた。深酒をした翌日は、この種の遊びをよくやっている。絡《から》まれた相手は迷惑だろうが、怒ることで確実に体内からアルコールが抜ける。

「確か組対四課は、暴力団関係の事件を担当してるんでしたよね？」

「そう」

「こんなこと言うと、また叱《しか》られそうですけど、暴力団新法は悪法だったんじゃないですか。組関係の連中、いろいろ縛《しば》りが多くなったんで、堅気の仕事にも喰い込むようになりましたからね」

「そうだな」

「わたしの妹の亭主が小さなビル清掃会社を経営してたんですが、組関係の新規の業者にお得意さんを取られて、ついに倒産しちゃったんですよ」

「どの組織も遣り繰り《シノギ》がきつくなってるからな。奴らはもっと経済マフィア化するだろう」

「厭《いや》な時代になったもんだな。外国人の犯罪件数も増えてるそうだから、日本の将来は暗いですね」

「社会が迷走してるから、さらに弱肉強食の傾向が強まるだろう」

「生き残りたかったら、勝者になれってわけですかね」

「ま、そういうことだろうな」

「わたしはもう五十四だから、野垂《のた》れ死《じ》んでもかまわないけど、若い連中は気の毒ですよね。要領の悪い奴は生き残れなくなっちゃうんだろうから」

「図太く生き抜く覚悟がなかったら、いずれ泣きをみることになるな」

「日本人の精神がいまよりも荒廃すると思うと、なんだか悲しくなりますね」

運転手が嘆《なげ》いて、口を閉じた。

国民の多くが去勢された犬のようにおとなしくなっているが、自分は狼《おおかみ》でありつづけたい。ハイエナと呼ばれてもかなわない。やりたいことをやり、欲しいものは絶対に手に入れる。それが男の人生ではないか。土門は車の震動に身を委《ゆだ》ねながら、アナーキーに生きることを改めて胸に誓った。

二十数分で、虎ノ門に着いた。

土門はタクシーを降り、モダンな造りの貸ビルの中に足を踏み入れた。旧知の悪徳弁護士が七階の一室に法律事務所を構えている。

悪徳弁護士の名は黒須達朗《くろすたつろう》だ。四十四歳で、一見、商社マン風である。物腰は柔らかく、如才《じょさい》ない。

しかし、それは見せかけだ。黒須は、堅気の弁護依頼はめったに引き受けない。もっぱら闇社会の人間が顧客である。

黒須は、やくざ、闇金融業者、手形のパクリ屋、会社整理屋、マルチ商法屋、地面師、仕手集団などの弁護を引き受け、法外な報酬を得ている。それだけではなく、三十数社の企業舎弟とも顧問契約を結んでいた。

黒須は並の暴力団係刑事よりも、はるかに裏社会に精《くわ》しい。しかも彼の情報は、ほぼ正確だった。

そんなことで、土門はちょくちょく悪徳弁護士から裏情報を入手していた。金銭の授受《じゅじゅ》はない。土門は見返りとして、黒須に警察情報を流している。

二人は、持ちつ持たれつの関係だった。月に二、三度は酒を酌《く》み交わしている。

黒須は、きわめて金銭欲が強い。金だけしか信用できないと公言して憚《はばか》らない人物だ。

物の考え方が偏《かたよ》ってしまったのは、暗い生《お》い立ちのせいだろう。五歳のとき、事業に失敗した父親が妻と三つの妹を道連れに車ごと海にダイビングしてしまったのだ。

母親は車に乗り込む前に涙ぐみながら、長男の黒須に『あんたは雑草みたいに逞《たくま》しく生き抜いて、この世で少しはいい思いをしなさい』と幾度も繰り返したらしい。

遺《のこ》された黒須は数年ごとに親類宅をたらい回しにされ、ずいぶん肩身の狭い思いをさせられたようだ。人間の裏表をさんざん見てきたという。

黒須は優秀な学業を修めることで辛うじてプライドを保ち、苦学して弁護士の資格を取得した。そして三十歳のとき、彼は恩人の姪《めい》と結婚した。

見合い結婚だった。そのせいかどうか、夫婦は心を寄り添わせることができなかった。黒須は一年数カ月後に妻と別れた。それ以来、独身だ。愛人を次々に変えながら、高輪《たかなわ》の超高級マンションで優雅に暮らしている。

目下の恋人は秘書の小谷美帆《こたにみほ》だ。美帆は聡明《そうめい》で、女優のように美しい。三十一歳だったか。

土門はエレベーターで七階に上がった。

黒須法律事務所はホールから最も遠い場所にある。土門は悪徳弁護士のオフィスに急いだ。

なぜか、事務所のドアはロックされていた。

土門はノックした。かすかに人の動く気配が伝わってきたが、応答はなかった。土門は懐《ふところ》からスマートフォンを取り出し、黒須に電話をかけた。

十数回めのコールで、やっと悪徳弁護士が電話に出た。

「黒《くろ》さん、まだ自宅にいるんですか？」

「いや、もう事務所にいるよ」

「実はおれ、事務所の前にいるんだ。ドアがロックされてたんで、電話をかけたんですよ」

「そうだったのか。いま、秘書にドアを開けさせる。きのう、柄《がら》の悪い奴がオフィスの前をうろついてたんで、用心のために内錠を掛けさせたんだ」

「そう」

土門はにやりと笑い、通話を切り上げた。

黒須は少しうろたえた様子だった。おおかた秘書兼恋人の美帆と戯《たわむ》れていたのだろう。

少し待つと、ドアが開けられた。

土門は、応対に現われた美帆に会釈《えしゃく》した。美帆がにこやかに挨拶する。唇がグロスで光っていた。ルージュを引き直したのだろう。

ダイヤのイヤリングが片方しか見えない。黒須と唇を貪《むさぼ》り合っているときにでも、もう一つのイヤリングを落としたのか。

土門はそう思いながら、美帆の整った顔をまともに見据《みす》えた。美帆は頰を赤らめた。

奥の所長室で、二人は淫《みだ》らな行為に耽《ふけ》っていたにちがいない。

「お邪魔するよ」

土門は所長室に向かった。軽くドアをノックして、室内に入る。

黒須は深々と応接ソファに腰かけ、わざとらしく公判記録に目を通していた。彼の背後には大きな両袖机が置かれ、書棚には法律関係の専門書がびっしりと詰まっている。

土門は手前の長椅子《ながいす》に腰かけた。

そのとき、尻に何か硬い物が当たった。土門は腰を浮かせ、手探りした。指先に触れたのは、ダイヤのイヤリングだった。

土門はそれを抓み上げ、コーヒーテーブルの上に置いた。黒須がきまり悪そうに笑い、イヤリングを手に取った。

「この部屋の空気、なんか腥《なまぐさ》いな」

土門は低く呟《つぶや》いた。

「そいつは考え過ぎだよ。美帆とはネッキングをしただけで、それ以上のことはしなかったんだ」

「長椅子の上でナニするつもりだったんでしょ？」

「成り行きで、そうなったかもしれないが……」

黒須が公判記録を横にずらし、煙草をくわえた。ダンヒルだった。英国煙草だ。着ている背広生地も英国製だろう。

黒須はイギリスかぶれだった。以前は、四千二百ccのジャガーXJエグゼクティブを乗り回していた。自宅マンションの家具や食器も、英国生まれの製品が多い。

悪徳弁護士がダンヒルのライターで煙草に火を点《つ》けたとき、美帆が二人分のコーヒーを運んできた。

「土門ちゃんが見つけてくれたんだ」

黒須がそう言い、美帆にイヤリングを手渡した。美帆は土門に謝意を表すと、伏し目がちに所長室から出ていった。

「きみの情報屋だった首藤が何者かに射殺されたね」

悪徳弁護士が声をひそめた。土門はうなずき、首藤殺害事件の犯人捜しを個人的に引き受けた理由を話した。

「首藤の娘を姦《や》ってしまったのか。土門ちゃんの女好きは、もう病気だね。そのうち、美帆もレイプされそうだな」

「黒さんの彼女を狙《ねら》ったりしないって。ところで、首藤に関する噂《うわさ》を何か耳にしてませんでした？」

「怪しげなロシア人貿易商の動きを首藤が数カ月前から探ってるって情報は耳に入ってたよ」

「相手の名前は？」

「ウラジミール・ベレゾフスキーという名だったな。五十二、三で、広尾《ひろお》に住んでるという話だったよ」

　黒須が答えた。土門は上着の内ポケットから手帳を取り出し、ロシア人貿易商の名前を書き留めた。

「その話の情報源《ネタモト》は、ロシア嫌いの極右組織なんだ。彼らは公安刑事みたいに日本に住んでるロシア人たちをマークして、スパイ活動をしてるかどうかチェックしてる。ロシア人と接触してる日本人のことも調べてるんだ。だから、偽情報《ガセネタ》じゃないと思うよ」

「首藤は何か札束の匂いを嗅ぎつけて、ウラジミール・ベレゾフスキーの周《まわ》りをうろついてたんでしょう」

「おそらく、そうなんだろうな。いまのロシアは犯罪大国と言ってもいい。国民は誇りと希望を失い、犯罪が急増するようになった」

「そうみたいですね。ロシア国内には約六千の犯罪組織があって、二十数万人のマフイアがいると言われてる」

「そんなに多いのか⁉」

「ええ。力のある組織は約四万の企業を支配して、甘い汁を吸ってます。そうした組織は失業した旧ＫＧＢ工作員や官僚ギャングたちを抱き込んで、麻薬、武器、核ミサイル、石油、貴金属の横流し、管理売春や企業乗っ取りなどで途方もない収益を上げてる。最大組織は麻薬の密売だけで、二百億ドル以上も儲《もう》けてるんですよ。イタリアの国家予算に匹敵《ひってき》する額です」

「しかし、弱小組織は国内だけでは生き残れないとアメリカやヨーロッパ各地に拠点を作りはじめてるみたいだぞ」

黒須がそう言い、煙草の火を揉《も》み消した。

「ええ、そうですね。いまやアメリカでは、ユダヤ系ロシア人マフィアがイタリアン・マフィアを抑えて、闇社会を牛耳《ぎゅうじ》りはじめてる。欧州の先進国はもちろん、バルト三国までロシアン・マフィアは進出してますよ。日本にも、極東マフィアの幾つかの組織が拠点を設けた疑いが強まってるんです」

「その種の噂は、わたしの耳にも入ってるよ」

「でしょうね。首藤はウラジミールのダーティー・ビジネスの証拠を押さえて、ロシアとのパイプをこさえる気だったのかもしれないな」

「土門ちゃん、その線は考えられるね。ロシアン・マフィアの弱みを押さえれば、麻薬も銃器も格安で手に入る。ウラジオストクの闇市場ではトカレフが二万円、マカロフが三万円で買えるらしい。ＡＫ47でも四万円はしないという話だから、中国製のパテント生産銃器よりも買い手は多いはずだ」

「そうだろうね。麻薬にしても、旧ソ連圏各国から安くドラッグを仕入れられます」

土門は言って、コーヒーをブラックで啜《すす》った。

「ロシアン・マフィアは、自国の海域で密漁された毛蟹《けがに》やタラバ蟹の非合法水産ビジネスにも関わってるはずだ」

「その通りです。連中は日本では蟹が高く売られてることに着目し、貧しいロシア漁民にベーリング海で毛蟹、タラバ蟹、ズワイ蟹を大量に密漁させて、日本の怪しげな水産物ブローカーと洋上取引してる。密漁蟹の横行に頭を抱えた日ロ両政府は、かなり前に事前通告制を採り入れたんでしたよね？」

「ああ。ロシア政府発行の出港証明書の多くが偽造されたものだったからな。で、事前通告制を採用したんだ。それによって、ロシア船は日本国内の港に寄港する場合、予《あらかじ》め積み荷の内容が確認済みであることを示す〝貨物税関申告書〟を有する船であるかどうか日本側に通告しなければならなくなった」

「ええ、そうですね。しかし、北朝鮮など第三国から出港した場合はこの制度は適用されない。そこで、ロシア船の大半がいったん北朝鮮に立ち寄った形をとるようになったんでしょ？」

「そうなんだ。しかし、北朝鮮発行とされる出港証明書《ポート・クリアランス》の九十九パーセントは偽造であることが判明した。密漁を根絶《こんぜつ》できると張り切ってた農林水産省はショックを受け、さらに何らかの対抗策を取ることになった」

「日本で食べられてる蟹の約半分がロシアから輸入されたものだから、密漁の抜け道は次々に考え出されるんじゃないのかな」

「赤いダイヤの別名で呼ばれる蟹の密輸ビジネスは、永久につづくさ」

「でしょうね。殺された首藤はウラジミール・ベレゾフスキーの弱みを摑《つか》んで、蟹の密輸入に協力させる気だったんだろうか」

「そうなのかもしれないぞ。しかし、ウラジミールは首藤の言いなりにはならなかった。そして、逆に首藤を葬《ほうむ》ったとも考えられるな」

「ええ」

「推測通りだったとしたら、ウラジミールはまともな貿易商じゃないね」

「登庁したら、外事一課に行ってウラジミール・ベレゾフスキーのことを調べてみますよ」

「そうしてみな」

黒須がマグカップを摑み上げた。

土門は十分ほど雑談を交わしてから、黒須法律事務所を辞去した。外に出て、タクシーを拾う。ワンメーターで、職場に着いた。

土門は中層用エレベーターで十三階に上がり、外事一課に急いだ。パソコンの前に勝手に坐《すわ》り、ロシア人の要注意人物リストをディスプレイに呼び出す。

ロシア大使館員や通信社スタッフの個人情報が次々に映し出された。スクロールしつづけると、ウラジミール・ベレゾフスキーのデータが顔写真付きで出た。

首藤がマークしていたというロシア人貿易商は、ソ連邦が解体されるまで特殊任務部隊《スペツナズ》の隊員だった。その後、民間の警備保障会社に四年ほど勤め、極東マフィア『鷗《チャイカ》』に入っている。いまや幹部のひとりだ。

二年前から商用ビザで日本に滞在し、広尾二丁目の借家を自宅兼オフィスにしている。事業内容については、何も記述されていない。ウラジオストク市内に母と妹が住んでいるようだが、名前も年齢も記されていなかった。

土門は、検索した人物の顔写真を改めて見た。頭髪は栗毛《くりげ》で、瞳はヘイゼルナッツ色だった。面長《おもなが》で、額が広い。唇が薄く、口角《こうかく》が少し下がっている。

パソコンの電源を切ったとき、背後で男の怒声が響いた。土門は振り返った。外事一課の古参職員が険《けわ》しい表情で歩み寄ってくる。

「部外者が無断で入室することは禁じられてるんだぞ。あんた、組対四課の人間だよな?」

「そう」

「何を調べてたんだ?」

「別に何も……」

「ふざけるな。誰のデータを見てたんだっ。質問にちゃんと答えないと、組対四課の課長を呼ぶことになるぞ」

「好きなようにしてくれ。こっちは、平岡副総監の特命で動いてるんだ」

「いい加減なことを言うな！」

「疑うんなら、副総監に直《じか》に確かめてくれ」

土門は椅子から立ち上がり、堂々と廊下に出た。副総監の名を出したからか、相手は制止の声もかけてこなかった。

ウラジミールの家《ヤサ》を張り込んでみることにした。

土門はエレベーターホールに足を向けた。

3

スマートフォンが着信音を奏《かな》ではじめた。

エレベーターの函《ケージ》に乗り込みかけたときだった。土門は函から離れ、スマートフォンを耳に当てた。

「わたしよ」

久世沙里奈《くぜさりな》の声だった。

「よう！」

「土門さんの声を聴くのは久しぶりね。三カ月ぶりかしら？」

「そのくらいかもしれねえな。相変わらず、スキャンダル・ハンターとして暗躍してるのかい？」

土門は問いかけた。

「人聞きの悪いことを言わないでよ。これでも、わたしはフリージャーナリストのつもりなのに」

「確かに、おまえさんは二年前まで夕刊紙の事件記者だったよな。しかし、いまはゴシップライターだ。他人の醜聞《しゅうぶん》で喰《く》ってるわけだから、スキャンダル・ハンターじゃないか」

「そんな言い方されると、なんだか恐喝屋みたいじゃないの。あまりいい気持ちしないな。わたしは、各界の著名人の知られざる素顔を記事にしてるだけよ。昔流に言えば、女トップ屋ね」

「カッコつけてるが、原稿を書いてるのはゴシップ雑誌だけじゃないか。それだけで、よく喰えるな」

「いろんな月刊誌や週刊誌に無署名で記事を書いてるのよ。それに、たまにファッションン雑誌のモデルをやらないかって話もあるの」

「モデルの仕事は信じてやらあ。おまえさんは飛び切りの美人だし、プロポーションも抜群だからな。しかし、生活できるだけの原稿料を稼いでるとは思えないな」

「機会があったら、わたしが書いた記事のスクラップを見せてあげるわ」

「沙里奈、そろそろ白状しなって。おまえさんの正体は、ブラックジャーナリストなんだろ？」

「あんまり侮辱すると、名誉毀損《きそん》で……」

「おれを告訴する？」

「ううん、やめとくわ。裁判費用がもったいないから。土門さんは、警察首脳部の弱点を押さえてるみたいだから」

「勝ち目がないか？」

「ええ。わたしと組んで、偉いさんを強請《ゆす》ってみない？」

沙里奈が誘いをかけてきた。

「待てよ。おれは現職刑事だぜ。いくら何でも、そこまではできない」

「とか言って、キャリアからとっくに小遣《こづか》いをせびってんじゃないの？」

「おれは、そんな悪党《ワル》じゃないって。だいたい気が弱いし、金にも執着心がねえんだ」

「笑わせないで。よく言うわ。土門さんのどこが気弱なの？」

「おれは内気だから、惚《ほ》れてる女も口説《くど》けない」

「手当たり次第に女たちをコマしてる男が何を言ってるの！　呆《あき》れて、二の句がつげないわ」

「そっちとは、キスもしてない」

「わたしが男性には興味がないと知ってて、どうしてそういうことを言うの？　性格、悪いわよ」

「沙里奈にぞっこんなんだが、同性愛に溺《おぼ》れちまった女は永久に手に入らない。だから、時々、そっちをいじめたくなるんだよ」

土門は笑いながら、そう言った。冗談めかして言ったが、本心だった。

沙里奈が夕刊紙の記者だったころから、土門は彼女を憎からず想《おも》っていた。しかし、密やかな恋情は無残にも打ち砕かれてしまった。

沙里奈は、すでに轟《とどろき》麻衣《まい》という売れない銅板画家と一緒に暮らしていた。

二十五歳の麻衣は病的なほど色白で、体もほっそりとしている。それでいて、爽《さわ》やかなエロティシズムを感じさせる不思議な女性だ。

沙里奈と麻衣の強い結びつきを感じ取ったとき、土門は自らの敗北を認めた。

だが、いまでも沙里奈は気になる存在だ。女たちには多くを求めていないはずだが、沙里奈とは何かを紡《つむ》いでみたいという気持ちがあった。

「わたしが好きとか何とかは別にして、もともと土門さんは他人《ひと》をいじめるのが好きなんじゃない？　だから、黙秘権を使ってる被疑者《マルヒ》を殴打したり、気に喰わない人間に突っかかったりするのよ。多分、母親の愛情が薄かったのね」

「心理分析は結構だ。それより、何か用があったんだろ？」

「うん、まあ。ちょっと土門さんにお願いしたいことがあるの。お昼ご飯、一緒にどう？」

「つき合うよ」

「実はね、わたし、すぐ近くにいるの」

「どこにいるんだい？」

「本部庁舎のすぐ横よ。車を路肩《ろかた》に寄せてるの」

「わかった。すぐ行く」

土門は電話を切ると、手早くエレベーターの下降ボタンを押した。待つほどもなく函《ケージ》の扉が開いた。

土門は一階まで下《くだ》り、本部庁舎を出た。

風が強い。路面に落ちた街路樹の枯れ葉が舞っている。シャンパンカラーのフランス車が四、五十メートル離れた場所に停《と》まっていた。プジョーだ。

土門はプジョーに駆け寄った。

沙里奈が助手席のドア・ロックを外した。土門は助手席に坐るなり、早口で言った。

「金が必要なんだな」

「わかっちゃった？」

「すぐに察《さっ》しはついたさ。で、いくら必要なんだ？」

「百五、六十万回してもらえるとありがたいんだけど……」

「いいよ。しかし、手持ちの金は四、五十万しかねえな。昨夜《ゆうべ》から泊まってるホテルまで来てくれたら、金は出世払いで貸してやるよ」

「うん、ちゃんと借用証を書くわ」

「警戒してるな」

「何を？」

「おれがおまえさんを担保代わりに抱かせろと言い出すと思ったんだろ？　安心しなって。そんなチンケな男じゃないって。どうしても沙里奈を抱きたいと思ったら、力ずくで姦《や》っちまうさ。でも、きょうはそんな荒っぽいことはしないよ」

「約束してくれる？」

「いいとも。車を渋谷の東都《とうと》ホテルに走らせてくれ。地下一階に、うまい天ぷらを喰わせる店があるんだ。金は部屋で渡すよ」

「土門さんの部屋に入らなきゃ駄目？」

「いや、ロビーで待っててくれてもいいんだ」

「そうさせてもらうわ」

沙里奈がプジョーを発進させた。

「余計なことかもしれないが、金は何に遣《つか》うつもりなんだい？」

「半分は生活費で、残りの半分は麻衣の個展費用に充《あ》てるつもりなの」

「版画展はどこで？」

「銀座のギャラリーを予約してあるの。美術関係者を大勢招いて立食式のオープニング・パーティーをやることになってるから、百万ぐらいはかかりそうなの」

「だったら、二百万回してやろう。もちろん担保もいらないし、返済の催促もしねえよ」

「そういうのは、なんだか怖いわ。借りたお金は三カ月以内に返せると思う」

「当てがあるのか？」

「ええ、まあ」

「誰かを強請《ゆす》る気なら、あまり欲は出さねえほうがいいぞ。でっかい金額を要求すると、相手が反撃してくるもんだ」

「いまの話、とっても参考になったわ。ちゃんと憶《おぼ》えておくわよ」

「麻衣ちゃんの個展は、いつ？」

「十二月の二十日よ」

「花でも贈ろうか」

「いいわよ、そんな気を遣ってくれなくても。そんなことされたら、麻衣に嫉妬《しっと》されそうだから」

「おまえさんたちは、本気で惚《ほ》れ合ってるんだな。どっちも美人なのに、もったいない話だぜ」

土門は沙里奈の心の闇を探りたい衝動を覚えたが、ぐっと堪《こら》えた。いつの間にか、車は青山通りに入っていた。

「土門さん、なんで自宅を持たないの？　ホテルやマンスリーマンションを泊まり歩いてるんじゃ、不経済だと思うけどな」

「気ままに暮らしたいんだよ。塒《ねぐら》を定めて車を買ったりしたら、どうしても守りに入っちまうじゃないか」

「物欲に引きずられると、確かに人間がちまちまとしちゃうわよね。もう死語になりかけてるけど、根なし草《デラシネ》も悪くないと思う。わたしが男だったら、バガボンドみたいな生き方を選んでたかもしれないわ。所詮、人の命はかりそめなんだから、何ものにも囚《とら》われない自由人でありつづけたいものね」

「なんか話が合うな」

「それはそうと、虎ノ門の強欲弁護士は元気なの？」

「元気だよ。実は午前中に黒さんの事務所に行ってきたんだ」

「また二人で何か悪巧《わるだく》みをしてるんでしょ？」

沙里奈が言った。

土門は、首藤殺害事件の犯人捜しをすることになった経緯《いきさつ》を話した。不審なロシア人貿易商をマークしはじめたことも語った。言うまでもなく、首藤茉利花を辱《はずかし》めたことは伏せておいた。

「そのウラジミール・ベレゾフスキーという『鵰《チャイカ》』の幹部が手下の者に首藤正邦を殺《や》らせたのかしら？」

「まだ何とも言えないが、ウラジミールの身辺を探れば、何かが透けてくる気がするな」

「お金を借りるからってわけじゃないけど、わたしに手伝えそうなことがあったら、いつでも声をかけて」

「ありがとよ。おまえさんには、これまでもいろいろ助《ス》けてもらったよな」

「気にしないで。土門さんが関わった事件は、しっかりスクープさせてもらったんだから、貸し借りはなしよ」

沙里奈が明るく言って、巧《たく》みにステアリングを捌《さば》いた。

土門は、沙里奈の横顔をちらりと見た。きれいだ。造作の一つひとつが整っている。

それでいながら、少しも取り澄ました印象は与えない。妖艶《ようえん》だった。

沙里奈はベッドで、どんなふうに麻衣を愛撫《あいぶ》しているのか。男役に徹しているとすれば、時には性具も用《もち》いているのかもしれない。

淫《みだ》らな想像をしているうちに、車は東都ホテルに着いた。

沙里奈はプジョーをホテルの地下駐車場に入れた。同じ地下一階に、老舗《しにせ》の天ぷら屋の支店がある。

土門は、その店に沙里奈を案内した。先客は一組だけだった。土門たちはカウンターのほぼ中央に落ち着き、ビールとコース料理を注文した。

「お部屋は何階なの？」

沙里奈が土門のグラスにビールを注《つ》ぎながら、小声で訊いた。

「十階だよ。ツインの部屋なんだ。食事が終わったら、ちょっと昼寝をしていくかい？」

「そんなことを言ってると、足を蹴飛ばすわよ」

「そうされたら、おれは反射的に沙里奈のバックを取るだろうな」

「そうか、土門さんは学生時代にレスリングをやってたのよね」

「ああ。おかげで寝技《ねわざ》が上手になったよ」

「こういうお店で、際《きわ》どい冗談はやめて」

「まずいか」

土門は笑いでごまかし、ビールを喉に流し込んだ。突き出しの川海老《かわえび》は香ばしかった。刺身の盛り合わせは、量が少ない気がした。

しかし、揚げたての天ぷらはどれも美味だった。佃煮《つくだに》と香《こう》の物で茶漬けを平らげると、デザートのマスクメロンが運ばれてきた。

「おれのメロンも喰っちゃってくれ」

「もうお腹が苦しくて、デザートは入らないわ。でも、まったく手をつけなかったら、お店の人に悪いわね」

沙里奈がスプーンを手に取った。

土門は沙里奈に断ってから、煙草をくわえた。

一服し終えると、手早く勘定を払った。土門は沙里奈をロビーのソファに坐らせ、十階の部屋に上がった。

着替えの入った手提《てさ》げ袋の底に三百数十万円の現金を突っ込んである。帯封の掛かった札束を二つ掴み出し、上着の両ポケットに百万円ずつ落とす。

土門はすぐに部屋を出て、一階のロビーに戻った。沙里奈がソファから立ち上がり、神妙な顔つきで言った。

「ご迷惑をかけて、ごめんなさい」

「どうってことねえさ。ま、坐ろうや」

土門は沙里奈と向かい合うと、テーブルの下で二百万円を手渡した。沙里奈が礼を言って、札束を自分のバッグに収めた。それから彼女はビジネス手帳を取り出し、ボールペンを走らせた。

「何をしてるんだい？」

土門は問いかけた。

「略式だけど、一応、借用証を渡しておくわ」

「借用証なんて必要ないって言っただろうが」

「そういうわけにはいかないわよ」

「堅いんだな」

「だって、わたしたちは特別な間柄じゃないわけだし」

「なら、これから特別な間柄になろうや」

「遠慮させてもらうわ。はい、借用証よ」

沙里奈がビジネス手帳の頁《ページ》を一枚だけ引き千切《ちぎ》り、土門に差し出した。成り行きで土門は紙切れを受け取ったが、借用証の文字も読まずに上着のポケットに入れた。

「なるべく早く返すつもりよ。それじゃ、ここで失礼するわ」

沙里奈が立ち上がり、エレベーターホールに向かった。土門はラークを一本喫ってから、ホテルの正面玄関から外に出た。

四、五分歩くと、レンタカー会社の営業所が見つかった。
土門は運転免許証を見せ、張り込み用のセダンを借りた。オフブラックのクラウンだった。レンタカーで広尾《ひろお》に向かう。

ウラジミール・ベレゾフスキーの自宅兼事務所を探し当てたのは、二十数分後だった。

古びた洋館で、石塀《いしべい》が巡らされている。敷地は百数十坪だろうか。庭木が多く、建物の全容は見えない。二階家だ。

土門はクラウンを洋館の斜め前に停めた。二分ほど時間を遣《や》り過ごしてから、ごく自然に運転席から出た。

通行人を装って、洋館の門の前を通る。レリーフのあしらわれた鉄の門扉《もんぴ》越しに内庭を見ると、栗色の髪をした中年の白人男性が庭の落ち葉を掃《は》き寄せていた。

よく見ると、ウラジミール・ベレゾフスキーだった。柄物のセーターを着ている。下は白っぽいチノクロスパンツだ。

極東マフィア『鴎《チャイカ》』の幹部は、たったひとりで洋館に住んでいるのか。手下のひとりや二人はいそうだが、それらしき人影は見当たらない。お手伝いの女性もいないのだろうか。

大半のロシア人は質素な暮らしをしている。マフィアの幹部も贅沢《ぜいたく》な生活には馴《な》じめないのだろうか。ガレージのメルセデス・ベンツも五、六年前に生産された車だ。グレイの車体はワックスの光沢さえ失っている。

土門は洋館の前を三往復し、門に差しかかるたびに邸内をうかがった。やはり、ほかには誰もいないようだ。

とにかく、張り込んでみることにした。土門はレンタカーの運転席に戻り、洋館の門に目を注いだ。

十五分ほど経過したころ、前方からスラブ系の顔立ちの巨身の男が歩いてきた。背丈は二メートル近い。赤毛だった。

男は、両手にスーパーマーケット名の入った黄色いビニール袋を提《さ》げていた。どちらも大きく膨らんでいる。

大男がウラジミールの身の回りの世話をしているのかもしれない。

土門は赤毛の白人男を改めて仔細《しさい》に観察した。三十歳前後だろう。細身だが、筋肉質だ。身ごなしも軽やかだった。

赤毛の男は洋館の中に吸い込まれた。

ふたたび土門はクラウンを降り、洋館の門まで歩いた。内庭には、もう誰もいなかった。土門はレンタカーの中に戻り、張り込みを続行した。

張り込みは、いつも自分との闘いだ。ひたすらマークした人物が動き出すのを待つ。

決して焦《じ》れてはいけない。焦《あせ》ると、ろくな結果にはならないものだ。

土門はカーラジオの音楽をぼんやり聴きながら、根気強く張り込みつづけた。

静岡ナンバーの黒いクライスラーが洋館の前に停まったのは、午後四時数分前だった。運転席から組員と思われる若い男が降り、後部のドアを恭《うやうや》しく開けた。

後部座席から姿を見せたのは、小太りの四十男だった。

風体《ふうてい》で暴力団関係者とわかる。黒っぽいスーツ姿だ。これ見よがしに大きな指輪を光らせていた。

男は勝手に洋館の中に入っていった。ドライバーは車の中に戻った。『鴎《チャイカ》』は地方の暴力団にまでロシア製の拳銃や麻薬を流しているのか。

警視庁組対部は、まだウラジミール・ベレゾフスキーの内偵すらしていない。首都圏の広域暴力団からも、ロシア製の銃器や麻薬はそれほど多くは押収されていなかった。

おそらく極東マフィアたちは大きな組織との闇取引を避けて、地方の暴力団に拳銃や麻薬を売りつけているのだろう。取引量は少なくても、そのほうが摘発されにくい。

土門はクライスラーを運転してきた若い男を痛めつけて、訪問目的を喋らせたい気分に駆り立てられた。だが、すぐに思い留《とど》まった。

いま動くのは賢明ではないだろう。どのような悪事を重ねているのか、まだ把握していない。

三十分も経《た》たないうちに、小太りの男は洋館から出てきた。若いドライバーが急いで車を降り、後部のドアを開けた。

やがて、静岡ナンバーのクライスラーは走り去った。密輸品の受け渡しの日時や場所の確認が来訪目的だったのか。電話は警察に盗聴されやすいし、ファクスでの遣《や》り取りも安全ではない。

最近は、どの組織も非合法取引の連絡方法には神経質になっている。その手口も巧妙になる一方だ。

次はどういう展開になるのか。

土門はシートの背凭《せもた》れをいっぱいに倒し、上体を預けた。

4

洋館の電灯が点《つ》いた。

まだ午後五時を回ったばかりだが、夕闇が迫っていた。

静岡ナンバーのクライスラーが走り去ってから、洋館を訪れる者はいなかった。ウラジミール・ベレゾフスキーも赤毛の大男も邸内に引きこもったままだ。きょうは空振りに終わるのか。

　土門は生欠伸《なまあくび》を嚙《か》み殺した。

　ちょうどそのとき、懐でスマートフォンが鳴った。土門はスマートフォンを摑み出した。ディスプレイを見る。発信者は黒須弁護士だった。

「土門ちゃん、何か収穫は？」

「ウラジミールは、地方の暴力団に銃器か麻薬を流してるようです」

　土門はそう前置きして、クライスラーに乗った来訪者のことを話した。

「そう。そっちが帰った後、裏社会から少し情報を集めてみたんだよ。それで、六本木の『エスカリーナ』という店名のロシアン・クラブのホステス十数人がある食品会社の独身寮で共同生活してるという話を聞いたんだ」

「その食品会社は？」

「大手水産会社の『旭洋《きょくよう》水産』の子会社らしい。社名は『旭洋シーフーズ』で、蟹クリームコロッケや白身魚フライの冷凍食品を製造してるようだな。本社は親会社と同じ千代田区内にあるんだが、若いロシア人女性が共同生活してる独身寮は中央区月島《つきしま》三丁目にあるというんだ。その情報を提供してくれた男は、『旭洋シーフーズ』がロシア人女性の密入国の手助けをしてるんじゃないかと言ってたよ」

「その見返りに、ロシアで密漁された毛蟹やタラバ蟹なんかを極東マフィアから買い付ける権利を得たんではないかってことですね？」

「そう推測したんだが、どうだろうか」

「考えられそうですね。ただ、そうだとしたら、『旭洋シーフーズ』は無防備すぎるな」

「無防備？」

「ええ。会社の独身寮に十何人ものロシア人女性が住んでたら、周囲の人たちに不審がられるでしょ？」

「彼女たちは、水産加工の技能実習生ってことになってるそうだ」

「そういうことなら、別に怪しまれないか」

「と思うね。『旭洋シーフーズ』とウラジミール・ベレゾフスキーに接点があったら、さっきの話の裏付けになりそうだな」

「そうですね。首藤は『旭洋シーフーズ』か親会社の『旭洋水産』に極東マフィアとの黒い関係を公《おおやけ》にするぞと脅《おど》しをかけたため、始末されちまったのか」

「そうなんじゃないのかね。ついでにロシアからの輸入蟹の総トン数を調べてみたんだ。ロシア側の対日輸出量は年間一万七千トンとなってるんだが、日本の消費量は八万六千トンなんだよ。国産の蟹はあまり多くないはずだ」

「消費量の大半の蟹が不正輸入されたわけか」

「そういうことになるね。蟹の輸入ビジネスは五千億円市場と言われ、旧ソ連が崩壊すると、日本の大手商社、水産会社、外資系企業が競《きそ》ってロシアに合弁会社を設立した。しかし、月給二、三万円でハードな仕事をさせられてたロシア人漁船員が欲を出して、獲《と》った毛蟹やタラバ蟹を大量に抜き取り、別の業者に洋上で売るようになった。それを知った極東マフィアや日本の暴力団がおいしいビジネスに参入したというわけさ」

「密漁された蟹が大量に出回ったおかげで、庶民も高値だったタラバ蟹を安く食べられるようになったんですが、先行投資した大手商社や水産会社は泣きですよね」

「それだから、商社や水産会社は徐々に蟹ビジネスから撤退《てったい》しはじめてる。もっともそれは表向きの話で、そうした輸入業者は裏でこっそり密漁された安い毛蟹やタラバ蟹を買い付けてるようだがね」

黒須が言った。

「『旭洋水産』も子会社に密漁蟹を買い付けさせてるんでしょ？」

「その疑いは濃厚だな。土門ちゃん、ウラジミールが尻尾《しっぽ》を出さないようだったら、六本木の『エスカリーナ』に行ってみなよ」

「そうします。黒さん、ありがとう」

土門は先に電話を切って、煙草をくわえた。

ふた口ほど喫ったとき、今度は首藤茉利花から電話があった。土門は喫いかけの煙草を灰皿の中に突っ込みながら、軽口をたたいた。

「おれに抱かれたくなったのかな？」

「冗談じゃないわっ」

「もう少し大人になれよ」

「余計なお世話だわ。その後、どうなの？」

茉利花が訊いた。土門は経過を伝えた。

「そのロシア人が父を殺したのね？」

「まだ断定はできない。もしかしたら、『旭洋シーフーズ』の関係者が殺し屋《プロ》に頼んだのかもしれないからな」

「とにかく、できるだけ早く残忍な方法で犯人を殺してちょうだい」

「残忍な方法って？」

「それは、あなたが考えてよ。いろいろ殺し方はあるでしょ？　たとえば、全身の血を少しずつ抜いていくとか、生コンクリートを足許から徐々に注ぎ込むとか。両手と両足の指を一本ずつ切断して、目玉も刳《く》り貫《ぬ》くとかね。ついでに舌を切って、歯も引っこ抜いちゃえばいいのよ。それで最後は、切り落とした男性のシンボルを口の中に突っ込んでやればいいんだわ」

茉利花は興奮気味に言い募《つの》ると、急に喉を軋《きし》ませた。すぐに彼女は、嗚咽《おえつ》にむせびはじめた。

首藤は筋者だったが、娘は大事にしていたのだろう。やくざも人の子だ。自分の子供はかわいかったにちがいない。

土門は、茉利花の涙が涸《か》れるのを待った。

数分が流れたころ、彼女がことさら明るく言った。

「急に泣き出したんで、びっくりしたんじゃない？」

「ちょっとな」

「父の死顔を思い出しちゃったの。とっても無念そうな顔をしてたわ」

「だろうな。もう少し時間をくれないか」

「わかったわ。犯人を始末してくれたら、もう一度だけ、わたしを抱かせてあげる。そのときは、わたしも積極的に応《こた》えるつもりよ」

「そいつは楽しみだ」

土門は舌嘗《したなめず》りしてから、電話を切った。

洋館からメルセデス・ベンツが走り出てきたのは、午後七時数分過ぎだった。

赤毛の大男がハンドルを握り、ウラジミールはリアシートに坐っていた。どちらも背広姿だ。ネクタイも、きちんと結んでいる。

土門は少し時間を稼いでから、ベンツを追尾《ついび》しはじめた。

ベンツは西麻布《にしあざぶ》から六本木通りに入った。行き先は『エスカリーナ』なのか。土門は一定の車間距離を保ちながら、追走しつづけた。

ベンツは六本木交差点を突っ切り、溜池《ためいけ》で左折した。そのまま直進し、赤坂見附を通り過ぎた。

土門は慎重に尾行した。それから間もなく、ベンツは紀尾井町《きおいちょう》にある有名な料亭の車寄せに横づけされた。

どうやら闇取引の相手と密談する気らしい。

土門はレンタカーを料亭の黒塀に寄せ、ヘッドライトを消した。

だが、車から出なかった。十分ほど経ってから、土門はクラウンを降りた。料亭の門を潜《くぐ》り、玉砂利《たまじゃり》を踏みしめて玄関に向かう。

車寄せには、数台の大型乗用車が駐《と》めてあった。レクサスとセルシオには運転手が乗っていたが、ベンツの車内は空だった。

土門は料亭の広い玄関に入った。

下足番の男が三和土《たたき》の隅で、客たちの靴を磨いていた。六十年配で、小柄だった。

「警視庁の者なんだ」

土門は下足番に警察手帳を見せた。相手の表情に緊張の色がさした。

「事件の捜査なんですね？」

「ちょっとした聞き込みなんだ。さっき二人のロシア人が入ったね？」

「は、はい。ウラジミール・ベレゾフスキーさまとミハイル・ワセリンコさまのことですね？」

「そう。二人は、この料亭の常連客なのかな」

「ご常連さまと言えるかどうかわかりませんが、もう七、八回はご利用いただいております」

「ウラジミールが一席設けてるの？」

土門は矢継《やつ》ぎ早《ばや》に質問した。

「いいえ。おふた方は招待される側で、いつも予約を入れてくださっているのは『旭洋シーフーズ』という会社です」

「接待する側は、もう座敷に入ってるのかな？」

「はい。専務さんと営業部長の方が七時過ぎにはお見えになりました」

「二人の名前を教えてもらえるね？」

「わたくしの一存でお答えしてもいいものか、ただいま女将《おかみ》を呼んでまいります」

下足番がそう言い、手に持っていた黒靴を下駄箱の棚に置いた。

「あんたに迷惑はかけない」

「しかしね」

「おれは気が短いんだ。あんまり苛《いら》つかせないでくれ」

土門は蕩《とろ》けるような笑みを浮かべた。神経がささくれだったときに必ず見せる癖だった。

「わ、わかりました」

相手が気圧《けお》され、舌を縺《もつ》れさせた。

「まず専務の名前から教えてもらおう」

「綾部《あやべ》さまです。営業部長は、香取《かとり》さまだったと思います」

「二人の特徴は？」

「綾部専務は五十代の半《なか》ばで、つるつるに禿《は》げています。きょうは茶系の背広を着てらっしゃいます。営業部長の香取さまは四十七、八歳で、中肉中背です。黒縁の眼鏡をかけていらっしゃいます」

「スーツの色は？」

「濃いグレイでしたね」

「そう。今夜は何時までの予約なの？」

「一応、午後十時ということになっております」

「車の手配は？」

「特にうかがっておりません」

「ありがとう。しばらく外で張り込むが、おれのことは誰にも喋らないでほしいんだ。いいね！」

土門は言いおき、玄関を出た。レンタカーの中に戻り、ふたたび張り込みはじめる。

時間が流れた。

見覚えのあるベンツが料亭から出てきたのは、九時四十分ごろだった。土門はベンツの車内を見た。赤毛の大男がステアリングを操《あやつ》っている。ウラジミールは後部座席に腰かけていた。

多分、ウラジミールたちは広尾の洋館にまっすぐ戻るのだろう。土門はベンツを追わなかった。『旭洋シーフーズ』の二人が出てくるのを待った。

数十分後、料亭から二人の男が歩いて出てきた。片方は禿頭で、もうひとりは黒縁眼鏡をかけている。綾部と香取だろう。

二人は何か喋りながら、表通りに向かって歩きだした。土門は車首の向きを変え、二人の男を低速で追った。

表通りまで歩くと、綾部専務と思われる男は先にタクシーを拾った。香取営業部長らしき男はタクシーを見送ると、煙草をくわえた。彼は街路樹のそばで一服してから、別のタクシーに乗り込んだ。

土門は、黒縁眼鏡をかけた男の乗ったタクシーを尾行しはじめた。

タクシーは十六、七分走り、六本木五丁目の飲食店ビルの前で停まった。外苑東《がいえんひがし》通りから少し奥に入った裏通りだった。馴染《なじ》みの酒場で仕上げの一杯を傾けるつもりなのだろう。

マークした男は飲食店ビルの中に入っていった。

土門はクラウンを停め、フロントガラス越しに飲食店ビルの袖看板《そでかんばん》を見上げた。四階に『エスカリーナ』の文字が見えた。

黒縁眼鏡の男は、ロシア人ホステスばかりを集めたクラブに行くのだろう。お気に入りの女性がいるのかもしれない。

土門はラークを一本喫ってから、車を降りた。

そのとき、彼は背中に他人の視線を感じた。振り向くと、二十メートルほど離れた路上に監察官の城島が立っていた。

「しつこいな、あんたも」

土門は大股で歩きだした。

すると、急に城島が背を向けて走りはじめた。手荒いことをされると思ったのだろう。土門は路上駐車中のワンボックスカーの陰に隠れ、息を詰めた。いったん遠ざかった城島が小走りに引き返してきた。

土門は城島が近づいたのを目で確認し、片脚を思い切り伸ばした。城島が蹴つまずいて、前のめりに倒れた。

「夜道は危険が一杯だよ。気をつけないとな」

土門は、せせら笑った。

「おい、土門警部補！　なんの真似なんだっ」

「あんた、ばかか？」

「え？」

「いちいち職階をつけるなと言っただろうが」

「そのことは忘れてはいないが……」

城島が言いながら、半身を起こした。

ほとんど同時に、土門は城島の脇腹を蹴った。城島が唸りながら、横倒しに転がる。

「おっと、失礼！　うっかりバナナの皮を踏んづけて、足を滑らせちまってね。警部殿、悪く思わないでくださいよ」

「き、きみって奴は！」

「何だっ」

「いつかあんたは後悔することになるぞ」

「目障《めざわ》りだから、消えてくれ」

土門は言って、野良犬を追っ払うような手つきをした。城島が忌々《いまいま》しげな顔で起き上がり、ゆっくりと遠ざかっていく。

土門は城島の後ろ姿が見えなくなると、飲食店ビルに足を踏み入れた。エレベーターで四階に上がる。

『エスカリーナ』は、エレベーターホールのそばにあった。逆U字形の黒いドアに、金文字で店名が記されている。

土門は店内に入った。

細長い通路の向こうに、カウンターとボックスシートが見える。スラブ系のホステスが十人前後いた。黒縁の眼鏡をかけた男は隅の席で、プラチナブロンドの女と談笑していた。女は胸が大きかった。二十三、四歳だろうか。

黒服の若い男が近寄ってきた。日本人だろう。

「いらっしゃいませ」

「この店は会員制なのかな？」

「一応、そういうことになってますが、一見《いちげん》のお客さんも大歓迎です」

「それじゃ、軽く飲ませてもらおう」

「お席にご案内します」

「よろしく！」

土門は黒服に従った。

導《みちび》かれたのは、通路寄りのボックス席だった。土門はビールを注文した。いったん下がった黒服の男がホステスを連れて戻ってきた。

エリーナという名だった。平凡な顔立ちで、スタイルもあまりよくない。二十代の後半だろう。土門はエリーナにカクテルを振る舞い、さりげなく客たちを観察した。四、五十代のビジネスマンたちが目立つ。

「あなた、ここ、初めてね？」

エリーナが癖のある日本語で言った。

「そう《ダー》」

「あなた、ロシア語喋れる？」

「いや、全然。商社関係の客が多いみたいだな」

「ええ、そう。それから、水産会社の人たちも多いです。あなたは、どんな仕事をしてるの？」

「入国管理局の職員なんだ」

土門は言った。そのとたん、エリーナが狼狽《ろうばい》した。逃げる素振りも見せた。

「冗談だよ。ただのサラリーマンさ」

「わたし、びっくりした」

「オーバーステイなんだな？」

「そ、そうね」

「それとも、密入国しちゃったのかな。そうだとしても、入管に密告電話なんかかけないから、安心してくれ。あれっ、奥にいる黒縁眼鏡の男、丸菱《まるびし》物産の田中《たなか》さんだろ？」

「それ、違います。彼は、『旭洋シーフーズ』という会社の香取さんね。営業部長さんよ」

「人違いだったか。席についてるプラチナブロンドの娘《こ》、きれいだな」

「彼女はナターシャって名前。香取さん、ナターシャのこと、とっても好きみたい。一日置きに通ってきて、いつも彼女を指名してるの。あの二人、店外デートするかもしれない」

「ここ、店外デートできるんだ？」

土門は確かめた。と、エリーナが身を寄り添わせて、耳許で囁《ささや》いた。

「二時間のデート代、四万円。泊まると、七万円ね。ホテル代はお客さんが払うの。わたし、まだ店外デートの約束してない。お客さん、わたしのこと、嫌い？」

「明日、関西に出張なんだよ。次に来たとき、デートしよう」

「お客さん、いつ来る？」

「四、五日したら、また来るよ。おれ、中村一郎《なかむらいちろう》っていうんだ」

土門は平凡な姓名を騙《かた》って、ビールを呷《あお》った。すかさずエリーナが酌《しゃく》をする。

土門はビールを二本空けると、チェックしてもらった。料金は、それほど高くなかった。エリーナに見送られ、エレベーターに乗り込む。

一階に降りると、土門は飲食店ビルの出入口近くにたたずんだ。あたりを見回してみたが、監察官の姿は見当たらなかった。

三十分ほど待つと、黒縁眼鏡の男がエレベーターホールの方から歩いてきた。ひとりだった。男は飲食店ビルの横の暗がりにたたずんだ。ナターシャを待って、二人で近くのホテルに直行するつもりなのだろう。

土門は男に近寄り、片腕をむんずと摑んだ。

「あんた、『旭洋シーフーズ』で営業部長をやってる香取さんだな？」

「そうだが、おたくは？」

「警視庁の者だ」

「わたしは何も悪いことなんかしてませんよ」

「ナターシャの前で手錠《ワッパ》打たれたくないだろ？　人のいない場所に移ろうや」

「手を放してくれ。わたしは何も疚《やま》しいことはしてないっ」

香取が語気を強め、全身でもがいた。

土門は香取を路地に引きずり込み、右腕で首根っこを抱え込んだ。黒縁眼鏡が地べたに落ちた。香取が自分の眼鏡を踏みつけてしまった。レンズが砕けた。

土門はヘッドロックしたまま、香取の頭部を雑居ビルの外壁に打ちつけた。たてつづけに三度だった。

香取は三度叫び、路上に倒れ込んだ。

土門は屈《かが》み込んで、両方の親指で香取の眼球を力任せに押した。香取が動物じみた声をあげた。

「目ん玉を潰《つぶ》されたくなかったら、正直に答えるんだな。親会社の命令で、あんたの会社は極東マフィアの『鷗《チャイカ》』からロシア海域で密漁された毛蟹やタラバ蟹を闇で買い付けてるなっ」

「そんなことはしていない」

「もう会社勤めは無理だろうな」

土門は蕩《とろ》けるような笑みを浮かべ、両方の親指に全体重をかけた。香取が子供のように泣き叫んだ。

「もう少しで水晶体が破裂するだろう」

「買ってる、買い付けてるよ」

「そのお返しに、あんたの会社はロシア人女性の密入国の手助けをしてるな？」

「そ、そんなことまで知ってるのか⁉」

「首藤という男が『旭洋水産』に脅しをかけたことがあるんじゃないのかっ」

「そういう話は一度も聞いたことない。ほんとだよ、嘘じゃないって」

「それじゃ、首藤はウラジミール・ベレゾフスキーに葬られたんだろう」

「会社はどうなるんだ？　極東マフィアとの繋《つな》がりが表沙汰《おもてざた》になったら、親会社ともども『旭洋シーフーズ』も倒産することになってしまう」

「いまから再就職口を探しはじめるんだな」

土門は立ち上がって、踵《きびす》を返した。

第三章　仕組まれた企業倒産

1

洋館の窓は明るい。

ベンツが見える。ウラジミールたち二人は、料亭から真っすぐに帰宅したのだろう。時刻は午前零時に近い。

土門は路傍《ろぼう》の小石を拾い上げ、邸内に投げ込んだ。警報ブザーは鳴らなかった。塀《へい》の上にも内庭にも、防犯センサーは設置されていないようだ。

土門は左右をうかがってから、洋館の塀を乗り越えた。庭の隅にうずくまり、しばらく様子を見る。

邸《やしき》からは誰も飛び出してこない。物音には気づかれなかったようだ。

土門は中腰で内庭を横切り、ポーチに忍び寄った。

万能鍵で、ロックを解く。土門は玄関に身を滑り込ませ、息を潜《ひそ》めた。

赤毛の大男を弾除《たまよ》けにするか。

土門は腰の後ろから、グロック32を引き抜いた。先日、赤坂で清水から奪った自動拳銃だ。残弾は十四発だった。

土門はスライドを滑らせ、初弾を薬室《チャンバー》に送り込んだ。後は引き金を絞《しぼ》れば、九ミリ弾が飛び出す。

広い玄関ホールの右横に、二十五畳ほどのスペースの居間がある。シャンデリアが灯《とも》っているが、人の姿は見当たらない。

土門は廊下を進み、階下の三室を検《しら》べた。どの部屋も無人だった。ダイニングキッチン、トイレ、シャワールームと順番に覗《のぞ》いてみたが、ミハイル・ワセリンコはいなかった。

土門は玄関ホールに引き返し、たっぷりと幅を取った階段を昇りはじめた。ステップには分厚いカーペットが敷き詰められ、クラシカルな手摺《てすり》には立派な浮き彫《レリーフ》りが施《ほどこ》されていた。

二階に上がる。中廊下を挟んで右側に三室、左側に二室あった。

土門は抜き足で歩《ほ》を進めた。

右手の奥の部屋から、女たちの嬌声《きょうせい》が洩《も》れてくる。男の低い声も聞こえた。ロシア語だった。『鷗《チャイカ》』の幹部は淫《みだ》らな行為に耽《ふけ》っているらしい。

土門は端の部屋のドア・ノブに手を掛けた。

ノブは回らなかった。万能鍵を使って、内錠を外す。

土門はドアを押し開けた。

ダブルベッドの上には、二人のロシア人女性が四つん這《ば》いになっていた。どちらも全裸だ。二人は横に並んでいた。ウラジミールは女たちの柔肌に両手でオイルを塗りつけていた。やはり、生まれたままの姿だった。

土門は寝室のドアを荒々しく閉めた。

ウラジミールが体ごと振り向いた。ペニスは、まだ変化していない。

「おまえ、誰？」

ウラジミールが日本語で問いかけてきた。

裸の女たちが慌《あわ》てて毛布で体を覆《おお》い隠した。片方は金髪で、もうひとりは栗色《くりいろ》がかった髪をしている。どちらも美しく、肉感的だ。

「いつも3Pをしてるのか？」

「わたし、おまえのことを訊《き》いた。何者なのか、早く教えろ！」

「おれは刑事だ、本庁組対四課のな」

「それ、嘘ね。日本のポリスマン、いきなり拳銃《ハンドガン》なんか出さない」

「いろんな刑事がいるんだよ」

土門は言って、警察手帳を短く見せた。

「なんか信じられない。わたし、悪い夢を見てるみたいね」

「ベッドにいる二人は、あんたと同じロシア人だな？」

「そうね」

「名前は？」

「金髪のほうがソーニャで、もう片方はオリガだよ」

「どっちも、あんたの彼女なのか？」

「そう」

「赤毛の番犬は、どこにいる？」

「それ、誰のこと？」

「ミハイル・ワセリンコのことだ」

「えっ、なんで彼の名まで知ってる⁉」

ウラジミールが目を丸くした。

「あんたの名前も知ってるぜ。ウラジミール・ベレゾフスキー、五十二歳。かつてスペツナズの隊員で、いまは極東マフィア『鴎《チャイカ》』の幹部だ。まともな貿易商を装って拳銃や麻薬を日本の暴力団に流し、ロシアの若い女たちをこっちに密入国させてる」

「わたし、真面目《まじめ》なビジネスしてるだけね、本当よ」

「もう遅いな」

「それ、どういう意味？」

「『旭洋シーフーズ』の香取営業部長が吐《は》いたんだよ、あんたからロシアの密漁蟹を買い付けてるってな。おれは、あんたたちを尾行してたんだっ。紀尾井町の料亭で綾部専務を交えて会食したことまでわかってる」

「あなたの言ってること、わたし、よくわからないね」

「しぶといな」

土門はいつもの笑みを拡《ひろ》げ、ウラジミールに歩み寄った。

立ち止まるなり、ウラジミールの太腿の内側を蹴った。膝頭《ひざがしら》の斜め上のあたりだ。意外に知られていないが、そこは急所の一つだった。ウラジミールが床に頽《くずお》れた。

土門は踏み込んで、相手の喉笛《のどぶえ》を蹴りつけた。ウラジミールが長く呻《うめ》いて、体をくの字に折る。

「二人とも、こっちに来るんだ」

土門はベッドの女たちに声をかけた。ソーニャとオリガが顔を見合わせ、ロシア語で何か言い交わした。どちらも動こうとしない。

土門は銃口を二人に交互に向けた。

すると、ソーニャとオリガが顔面を引き攣《つ》らせた。二人は目顔で促《うなが》し合って、ベッドから離れた。ソーニャのバター色の飾り毛は薄かった。縦筋が透けて見える。逆にオリガの繁みは濃かった。猛々《たけだけ》しいほどだ。

土門は二人のロシア娘を足許に横並びにひざまずかせ、片手で分身を掴み出した。

ソーニャとオリガが眉《まゆ》をひそめた。

「あんたたちの白い肌を見たら、ちょっと疼《うず》いてきた。代わりばんこに、しゃぶってくれ」

土門は言いながら、ソーニャの額に銃口を近づけた。ソーニャが観念した顔で、亀頭《きとう》を口に含んだ。

ウラジミールが母国語でソーニャを詰《なじ》った。だが、ソーニャは舌技を止めない。分身の根元を握り込み、オーラル・セックスに熱を込めた。

土門は、ほどなく昂《たか》まった。

ソーニャの舌は絶え間なく動きつづけた。しかし、技《わざ》がなかった。一本調子だった。

土門は横に動き、オリガの口中に反《そ》り返った分身を突っ込んだ。

オリガの舌技には変化があった。強弱のリズムを心得、性感帯を鋭く刺激してくる。

土門は片手でオリガの頭を引き寄せた。フェラチオは、荒っぽいイラマチオに変わった。オリガは舌を縮め、受け身になった。

土門は突きまくった。捻《ひね》りも忘れなかった。

やがて、土門は果てた。

オリガは息苦しくなったらしく、顔を左右に振った。土門は手の力を緩《ゆる》めなかった。オリガが精液を呑《の》み下《くだ》した。

土門は半歩退《さ》がり、男根をトランクスの中に戻した。チノクロスパンツの前を整え終えたとき、急に電灯が消えた。

ウラジミールがスイッチを切ったらしい。ソーニャとオリガが這《は》ってベッドの向こう側に逃げ込む気配が伝わってきた。

「早く電気を点《つ》けないと、ぶっ放すぞ」

土門は大声を張り上げた。

ウラジミールは返事もしなかった。突然、寝室のドアが開いた。土門は暗がりの中で振り向いた。

数秒後、腹に頭突きを見舞われた。一瞬、息が詰まった。

土門は右手首を誰かに摑まれたまま、凄《すさ》まじい力で押しまくられた。そのまま尻から床に落ちた。

ほとんど同時に、グロック32を捥取《もぎと》られた。

寝室の電灯が点いた。腹の上に跨《また》がっているのは、赤毛のミハイルだった。

「おまえの負けね」

ウラジミールが言いながら、土門に近づいてきた。土門は、足で顔面を踏みつけられた。

　怒りが膨らんだ。

「足をどけろ！」

「わたし、おまえのこと、絶対に赦《ゆる》さないね。ソーニャとオリガの心、傷つけた」

「だから、どうだってんだっ」

「おまえ、クレージーね。野獣のような刑事だ。そういう男を野放しにしておくと、世の中のためにならない」

　ウラジミールが言って、ミハイルにロシア語で何か命令した。

　ミハイルが短い返事をし、片手で土門の胸倉を掴んだ。土門は引き起こされた。ミハイルが抜け目なく土門の片腕を捩《ねじ》上げ、背中にグロック32の銃口を押し当てた。

「おれをどうする気なんだ？」

　土門は訊いた。

「おまえ、黙って歩く。そうしないと、すぐに撃つね」

「撃ちたきゃ、撃ちやがれ」

「うるさい！」

　赤毛の大男が膝頭で、土門の尻を蹴った。まともに尾骶骨《びていこつ》を蹴られ、思わず土門は声をあげてしまった。

「早く歩け」

ミハイルが急《せ》かす。

いまは言われた通りにしたほうがよさそうだ。土門はそう判断し、おとなしく歩きはじめた。寝室を出ると、階段を下《くだ》るよう命じられた。土門はダイニングキッチンの横から地下室に降りさせられた。

かなり広い。以前はワインの貯蔵庫として使われていたらしく、壁に沿って木の棚が並んでいた。ほぼ中央に古い家具や木箱が積み上げられている。フロアスタンドや年代物の置き物も転がっていた。埃《ほこり》を被った薪《まき》も片隅に重ねてあった。

土門は古ぼけたロッキングチェアに腰かけさせられた。ミハイルが拳銃で威嚇《いかく》しながら、手早く土門の所持品を検《しら》べた。

「おまえ、両手を椅子の背凭《せもた》れに回す！」

「わかったよ」

土門は命令に従った。

赤毛の大男が近くから針金の束《たば》を摑み上げた。彼は、まず土門の両手首をきつく縛《しば》りつけた。それから椅子ごと針金で土門の体をぐるぐる巻きにした。

「おれをここで餓死《がし》させる気なのか」

「ガシ？　その日本語、わからない」

「おれをこの地下室に何日も閉じ込めて、食料も水も与えないつもりなんじゃねえのか」

「そんなに手間はかけないね」

「おれを撃ち殺す気らしいなっ」

「拳銃は使わない。別の方法で、おまえを永久に眠らせるね」

ミハイルは残忍そうに口許を歪《ゆが》めると、土門の背後に回り込んだ。

首を絞《し》める気なのか。土門は、さすがに緊張した。

椅子ごと倒れて、反撃のチャンスをうかがうことにするか。土門は両足に力を込めて、体を浮かせようとした。だが、思い通りにはいかなかった。

反《そ》り身になって、後ろに引っくり返るか。うまくすれば、赤毛の大男を弾《はじ》き飛ばせるかもしれない。土門はそう考え、両足を突っ張らせた。

そのとき、首の後ろに尖鋭《せんえい》な痛みを覚えた。どうやら注射針を突き立てられたようだ。とっさに土門は首を捩《ねじ》った。

ミハイルが小さな声をあげた。

注射器が床に落ちて弾《はず》んだ。土門の右横だった。溶液は、まだ半分近く残っている。

ミハイルが舌打ちして、プラスチックの注射器を靴の底で踏みつけた。注射針の先端から溶液が迸《ほとばし》った。

「中身は筋弛緩剤《きんしかんざい》だな？」

「ただの麻酔薬ね。おまえ、もうじき意識を失う」

「おれを昏睡《こんすい》させた状態で、海の中に投げ込むつもりなのか。それとも、ビルの屋上からほうり投げる気なのかっ」

「どちらも外れだ。おまえ、ばかよ。ここに、ひとりで乗り込んでくるなんて、ほんとに愚《おろ》かね。われわれ、日本の警察なんて、ちっとも怕《こわ》くない。ポリスマンだって、平気で殺す」

「くそったれめ！」

「おまえ、もう諦《あきら》めたほうがいい。だけど、ちょっと残念ね」

「どういう意味なんだ？」

「わたし、女はあまり好きじゃない」

「てめえはゲイなんだな？」

「そう。わたし、男のほうが好きね。東洋の男はちょっと神秘的。わたし、おまえのような男を抱いてみたい」

「おれから離れろ！　てめえと違って、こっちは女専門なんだっ」

土門は怒声を放った。

ミハイルがにたにた笑いながら、土門の前に回り込んできた。土門は唾《つば》を飛ばした。

唾液《だえき》は大男の右手の甲に降りかかった。ミハイルは嬉《うれ》しそうに目尻を下げ、土門の唾を舐《な》め取った。

土門はおぞましさを覚え、吐きそうになった。自分には想像もできない行為だった。

ミハイルの目に、粘液質の光が宿った。

「近寄るな。離れろ、離れやがれ！」

「おまえの怒った顔、悪くない。わたし、好きね」

「気持ち悪いこと言うんじゃねえ」

「おまえ、もう何もできない。かわいそうね。でも、わたしは嬉しいよ」

「てめえ、何を考えてやがるんだ」

土門は初めて戦慄《せんりつ》を覚えた。銃器で威《おど》されるよりも、何倍も不気味だった。

ミハイルが拳銃をベルトの下に差し込み、グローブのような両手で土門の頬《ほお》を撫《な》でた。土門は首を振り、またもや唾を吐いた。ミハイルは気にも留《と》めなかった。人差し指で土門の真一文字《まいちもんじ》の唇をなぞりはじめた。

土門は不快感に耐えた。

少し経つと、ミハイルが急に人差し指を土門の口の中に突っ込んだ。予想外の行動だった。土門はパニックに陥《おちい》りそうになった。

「おまえ、わたしの指をしゃぶる。わかったか？」

ミハイルが言った。白目が充血していた。

土門はミハイルの指をしゃぶると見せかけ、思うさま噛《か》んだ。

ミハイルが悲鳴を放った。土門の口の中に、鉄錆《てつさび》臭い血の味が拡散した。ミハイルが手を引っ込め、左のストレートパンチを繰り出した。

土門はもろに顔面を殴打され、椅子に坐《すわ》ったまま後方に倒れた。その直後、意識が急に混濁《こんだく》した。

それから、どれほどの時間が経過したのだろうか。

土門は自分の体が投げ落とされた感覚で、我に返った。手も足も縛られてはいなかった。目隠しもされていない。

大きな木箱の中に閉じ込められていた。

わずかな隙間《すきま》から、星が見えた。人々のざわめきも車の走行音も聞こえなかった。

突然、木箱に何か液体がぶっかけられた。

土門は鼻をひくつかせた。撒《ま》かれたのはガソリンだった。自分を焼き殺すつもりなのだろう。

土門は背筋に悪寒《おかん》めいた震えを感じた。

木箱の隙間から、ガソリンの雫《しずく》が雨垂れのように滴《したた》り落ちてきた。それは、瞬《またた》く間に衣服に染《し》み込んだ。

火を放たれたら、一巻の終わりだ。しかし、ここでくたばるわけにはいかない。着火音が響いた。炎が木箱全体を舐めはじめる。近くで、ウラジミールとミハイルの話し声がした。会話はロシア語だった。

着衣に火が点いた。頭髪もちりちりに焦《こ》げはじめた。

土門はできるだけ片側に寄り、反対側の板に肩からぶつかった。

木箱が傾き、ゆっくりと横転した。弾みで、継ぎ目が離れた。そこから土門は這《は》い出し、数回転がった。着衣の炎が消えた。

どこかの林の中だった。ウラジミールが土門を指さし、ミハイルに何か命じた。

ミハイルが銃弾を放ってきた。一発ではなかった。三発連射だった。

銃声はまったく轟《とどろ》かなかった。

マカロフPBを握っているにちがいない。それはロシア製のサイレンサー・ピストルだ。フル装弾数は八発だったか。

土門は、ひとまず林の中に逃げ込んだ。

すぐにミハイルが追ってきた。土門は樫《かし》の巨木の陰に身を隠した。

ミハイルがすぐそばに立ち止まり、灌木《かんぼく》の向こうを透《す》かして見ている。やはり、手にしているのはマカロフPBだった。

土門は枯れ枝を拾い上げ、遠くに投げ放った。

ミハイルが両手保持の姿勢を取り、闇《やみ》を凝視している。

土門は樹幹から離れ、ミハイルに組みついた。そのまま捻《ひね》り倒し、サイレンサー・ピストルを奪う。ミハイルが大声でウラジミールに何か母国語で伝えた。立場が逆転したことを告げたにちがいない。

「余計なことをしやがって」

土門は立ち上がりざまに、ミハイルの股間に九ミリ弾を浴びせた。ミハイルが体を丸めて、のたうち回りはじめた。

土門は林の中の平坦地に駆け戻った。

木箱は、めらめらと燃えていた。ウラジミールは林道に向かって駆けていた。

土門は狙《ねら》いを定めて、引き金を絞った。

放った九ミリ弾は的《まと》から少し逸《そ》れてしまった。二弾目を見舞う。今度は命中した。ウラジミールが突んのめるような恰好《かっこう》で倒れた。

土門は駆け寄った。

ウラジミールは被弾した腰に手を当てながら、唸《うな》り声を発していた。土門はウラジミールの左肩を撃った。ウラジミールが呻いて、体を左右に振った。

「ここはどこなんだ?」

「府中の郊外ね」

「関東仁友会の首藤がそっちの周辺を嗅《か》ぎ回ってたはずだ」

「痛いよ。痛くて、わたし、喋れない」

「遊んでるんじゃねえんだっ」

土門は、無造作にウラジミールの太腿に九ミリ弾をめり込ませた。ウラジミールが転げ回った。

「何か言えや。もたもたしてると、もう片方の脚《あし》も撃っちまうぞ」

「そのやくざはわたしが『旭洋シーフーズ』にロシアの密漁蟹を横流ししてることを知った。それで、わたしと『旭洋シーフーズ』の親会社にそれぞれ一億円の口止《くちど》め料を払えと言ったね」

「で、首藤をミハイルに始末させたわけか。そうなんだなっ」

土門は声を張った。

「それ、違うね。わたしも『旭洋水産』も、首藤を殺してないよ」

「そんな言い逃れは通用しないぜ」

「わたし、ほんとのこと喋ってる。ちっとも嘘ついてない。ロシアの女の子を密入国させること、法律違反ね。それから麻薬《ドラッグ》の密売も、いけないこと。だけど、わたし、いいこともしてるよ」

ウラジミールが少し得意気に言った。

「いいこともしてるだと⁉」

「そう。わたし、安い毛蟹やタラバ蟹、たくさん『旭洋シーフーズ』に回してる。あの会社、ホテルにも蟹を卸《おろ》してる。だから、二千九百円のバイキングで毛蟹もタラバ蟹も食べ放題ね」

「ふざけるな」

「わたし、いいことしてるよ。それなのに、どうして怒られる？」

「そんなことより、首藤は本当に誰にも殺《や》らせちゃいねえんだなっ」

「それは、ほんとにほんとね。わたしも『旭洋水産』もラッキーよ。とっても。口止め料を払う前に、どこかの誰かが首藤を殺してくれた」

「そういうことか。車は林道に駐《と》めてあるんだな？」

「そうね。わたしのベンツとミハイルが運転してきたピックアップ・トラックの二台駐めてある。ベンツ、あげてもいい。だから、わたしを病院に連れてって」

「いいとも」

土門は笑顔で言って、残弾をすべてウラジミールの下半身に浴びせた。ウラジミールは血みどろになった。

また振り出しに戻ってしまった。土門は徒労感を覚えながら、林道に歩《ほ》を進めた。

2

応接室に通された。

土門は、総革張りの黒いソファに腰かけた。若い女性事務員が下がった。

西新橋《にししんばし》にある『仁友商事』だ。関東仁友会の企業舎弟である。ウラジミールとミハイルを痛めつけた翌々日の午後三時過ぎだった。

「どうもお待たせしました」

専務の及川鎮夫《おいかわしずお》がそう言いながら、応接室に入ってきた。及川は四十六歳で、殺された首藤の直系の舎弟だ。

髪を七三に分け、チタンフレームの眼鏡をかけている。着ている背広も地味だった。しかし、目の配り方が堅気とは明らかに異《こと》なる。

「久しぶりだな」

「ええ。土門さんとお目にかかるのは半年ぶりぐらいなんじゃありませんかね」

「そうかもしれない」

土門は煙草に火を点《つ》けた。及川が向かい合う位置に腰かけた。

「きょうは何なんです？」

「首藤の娘から何も聞いてないのか」

「社長の葬儀のとき、茉利花ちゃんのそばにいてやりましたが、特に何もわたしには……」

「そうか。実は彼女に頼まれて、おれは首藤殺しの犯人探しを個人的にやってるんだ」

「そうだったんですか。それは、まったく知りませんでした。なぜ茉利花ちゃんは、わたしには何も言ってくれなかったんですかね」

「父親の会社の人間には迷惑をかけたくないと思ったんだろう」

「そうなんでしょうか。捜査当局はまだ犯人を絞り込んでないようですが、土門さんのほうはいかがなんです？」

「怪しそうな奴らがいたんだが、そいつらはシロだった」

「そうなんですか」

「で、あんたにいろいろ訊きたいと思って、お邪魔したわけだよ。早速だが、事件当夜のことから教えてくれねえか」

「は、はい」

「あの晩、首藤はおれが泊まってたホテルの部屋に来ることになってたんだよ」

「ええ、それは知ってます。あの夜、社長と一緒にこの近くのチャイニーズ・レストランで夕飯を喰ったんですよ。そのとき、兄貴、いいえ、社長がそう言ってたんです」

「そうかい。首藤の様子はどうだった？」

「食事中、誰かに尾行されてるようなんだと言ってましたね」

「そうか。何か思い当たることは？」

土門は、長くなった灰を指ではたき落とした。灰皿は天然の大理石だった。

「先月の上旬だったかな。銀座のクラブで、社長は関西弁の男を怒鳴りつけたんですよ。その男はホステスが厭《いや》がってるのに胸に触ったり、ミニスカートの中に手を突っ込んでたんです」

「で、見かけた首藤が注意したんだな？」

「ええ、そうです。そうしたら、相手が開き直って自分は神戸の最大組織と縁がある者だと突っ張らかりましてね。それで、わたしがその男を店の外に連れ出して、二、三発殴りつけたんです」

「相手は殴られっぱなしだったのか？」

「蹴りを返してきましたが、素手の喧嘩《ステゴロ》には馴《な》れていないようでした。そいつの名刺をチェックしたら、川口組の息のかかったたこ焼き屋の店長でした」

「その店はどこにあるんだ？」

「五反田《ごたんだ》です。『たこ忠』という明石《あかし》焼きの店で、そいつの名前は確か北野《きたの》でした。年齢《とし》は三十二、三でしょうかね」

「後で、その店に行ってみよう。ところで、この会社はうまくいってるのか？　首藤の娘は順調だと言ってたが……」

「まだ赤字にはなってませんが、ちょいと投資にしくじったもんで、会社の内部留保をほとんど吐き出すことになってしまいましてね」

　及川が苦々しげに言った。

「投資で失敗したって？」

「ええ。土門さんは当然ご存じでしょうが、どの企業舎弟《フロント》も将来性のあるベンチャービジネスには関心を寄せてるんですよ。ベンチャービジネスは成功すると、ハイリターンを得られますからね」

「そうだろうな」

　土門は短くなった煙草の火を揉《も》み消した。

　ちょうどそのとき、さきほどの女性事務員が二人分の緑茶を運んできた。会話が中断した。

　女性事務員が遠ざかると、及川が先に口を開いた。

「土門さんは、『ハピネス』という介護サービス会社をご存じですか？」

「知らないな。ベンチャー企業の一つなのか？」

「ええ、そうです。首藤社長は高齢化社会を迎えたんで、その種のビジネスは大きく伸びると判断して、『ハピネス』の未公開株をまとめ買いしたんですよ」

「投資総額は？」

「約十二億円です。『ハピネス』はベンチャー関連株を扱ってる〝マザーズ〟に近いうちに上場するからとスポンサー企業や一般投資家たちから三百億円近くも集めてたんですが、店頭公開前に会社がアウトになってしまったんですよ」

「介護サービス会社なら、それほど設備投資は必要ないと思うがな」

「土門さんのおっしゃる通りです。『ハピネス』は最初っから、店頭公開する気なんかなかったんですよ」

「つまり、計画倒産に引っかかったってことか」

「そういうことになるでしょう」

「『ハピネス』の代表取締役は何者だったんだ？」

　土門は問いかけ、茶を啜《すす》った。

「池上春樹《いけがみはるき》って野郎です。『ハピネス』の会社登記には小池澄男《こいけすみお》という別人の名を使ってますが、池上春樹がオーナーなんです。四十一歳です。池上は、インチキ健康食品の販売で五年前に詐欺の実刑判決を受けてました」

「そうか。しかし、そいつはダミーの社長なんだな」

「そうなんでしょう。池上は雲隠れしたまま、行方《ゆくえ》がわからないんですよ」

「当然、池上の身内や友人を洗い出して行方を追ったんだろ?」

「ええ、もちろんです。そして、池上が名古屋あたりに潜伏してるという情報をキャッチしたんです。で、関東仁友会の若い衆を五十人ほど名古屋に送り込んで、野郎を捜させたんですよ。しかし、とうとう見つかりませんでした」

「池上は、整形手術《プラスチック・ジョブ》を受けて顔を変えてるんじゃねえのか?」

「男がそこまでやりますかね」

「やるかもしれないぜ。あんたがさっき言ってたように、いろんな企業舎弟がベンチャー企業には投資してる。多分、『ハピネス』に金を注《つ》ぎ込んだのは、この会社だけじゃないはずだ」

「そうでしょうね」

「それなら、池上は身に危険が迫ることを予感してたにちがいない。バックに誰がいようとも、表向きの社長は池上だったわけだからな。三百億近い出資金を詐取したことが発覚したら、命を狙われると考えるはずだ。おれが池上なら、迷わず整形手術を受けるよ」

「都内の美容整形外科医院を虱潰《しらみつぶ》しに当たれば、池上の居場所がわかりそうだな」

及川が膝《ひざ》を打った。

「その考えは少々、甘いんじゃねえのか」

「どうしてです？」

「美容整形は原則として医療保険が使えない。手術を受ける者は保険証を呈示する必要がないわけだから、氏名、年齢、住所なんかは適当でもいいわけだ」

「そうですね」

「池上は独身なのか？」

「ええ、いまはね。詐欺罪で逮捕《パク》られた直後に、妻とは離婚してるんですよ」

「別れた女房と接触してる様子は？」

「それはありません。池上の妻だった女は、去年、病死してますんで」

「池上の実家はどこにあるんだい？」

「神奈川県の大和《やまと》市にあります。奴が実家に立ち寄る可能性もあると思って、若い者にずっと張りつかせてるんですが、いまのところは……」

「詐欺の前科歴のある男は、それなりに警戒心を持ってるだろう。実家や親しい友人宅にうっかり近づいたら、破滅を招くことぐらいは心得てるさ」

「そうか、そうでしょうね」

「池上の女性関係はどうなんだい？」

「女遊びは盛んだったようですが、特定の彼女はいなかったみたいですね」

「池上に子供は？」

「息子がひとりいます。母方の祖父母の家に引き取られてるんじゃなかったかな」

「元妻の実家は？」

「東急目黒《めぐろ》線の大岡山駅前の乾物屋です。屋号は、『沼越商店《ぬまこし》』だったと思います。池上の別れた女房の旧姓が沼越なんですよ」

「息子の名は？」

「学《まなぶ》だったかな。いま、五歳だと思います」

「おたくたちが池上の居所を突きとめたら、ぜひ教えてもらいたいんだ」

土門は言った。

「それはかまいませんが、池上に手錠《ワッパ》打つ前にわたしたちに一日だけ奴を預からせてもらえます？」

「池上を締め上げて、『ハピネス』の真のオーナーだった人物の名を吐かせるつもりなんだな？」

「ええ、まあ。騙《だま》し取られた約十二億の半分ぐらいは回収しませんと、腹の虫が収まりませんからね」

「だろうな。それはそうと、おたくがこの会社の新社長になるのかい？」

「まだわかりません。近く理事会が開かれて、そのあたりのことも決定すると思います」

「それじゃ、おめでとうと言うのは早いな」

「正直な気持ち、社長にはなりたくないですよ。首藤の兄貴がこさえた約十二億の損失を早く取り戻せと理事たちに発破《はっぱ》をかけられるに決まってますから」

「だろうな。話を元に戻すが、池上の顔写真はあるかい？　あったら、ちょっと借りたいんだ」

「『ハピネス』のパンフレットに池上の顔写真が刷り込まれてます。ちょっとお待ちになってください」

　及川がソファから立ち上がって、応接室から出ていった。

　土門は残りの茶を飲み干した。待つほどもなく及川が戻ってきた。土門は手渡されたパンフレットに目を落とした。

　社長の挨拶《あいさつ》の言葉には、池上の顔写真が添えてあった。被写体はにこやかな表情で写っているが、どことなく狡猾《こうかつ》そうな目をしていた。

「そのパンフ、差し上げますよ」

「そう。なら、貰《もら》っておこう」

「土門さん、わたしでよければ、今後、首藤の代わりを務めさせてもらってもかまいませんよ」

　及川がおもねる口調で言った。

「そいつは助かるな」

「業界の動きは極力、スピーディーにお伝えします。その代わりというわけじゃありませんが、関東仁友会《うち》のちょっとしたやんちゃにはどうかお目こぼしを……」

「わかってるって」

土門は笑い返し、腰を浮かせた。応接室を出て、その足で『仁友商事』のオフィスを辞する。

雑居ビルの七階だった。関東仁友会の企業舎弟はワンフロアを借り切っていた。といっても、それほど床面積は広くなかった。

土門は雑居ビルを出ると、スキャンダル・ハンターの沙里奈に電話をかけた。

「例の件では感謝してます。お金、なるべく早く返すわね」

「そのことは気にしなくてもいいって。それよりも、ちょっとおまえさんに協力してもらいたいことがあるんだ」

「何を手伝えばいいの？」

「首都圏にある美容整形外科医院に片っ端から電話をかけて、最近、顔の整形手術を受けた四十一、二の男がいるかどうか確認してほしいんだ」

「いったいどういうことなの？」

沙里奈が怪訝《けげん》そうに訊いた。土門は、池上のことを詳しく話した。

「『仁友商事』は、約十二億円もまんまと騙し取られちゃったのね」

「しかし、首藤も経済やくざだ。池上の後ろに黒幕がいたことを見抜いたにちがいない。で、彼は池上の行方を追ってた可能性もあるんだ」

「だけど、逆に池上に殺されてしまった？」

「いや、池上本人は実行犯じゃないな。事件現場にはコルト・ガバメントの薬莢《やっきょう》は落ちてなかったんだ。硝煙反応も弱かった。首藤を撃ち殺したのは、おそらく殺し屋《プロ》だろう」

「そのあたりのことを池上に喋らせようってわけね」

「そういうことだ。首都圏の美容外科医院だけじゃなく、名古屋周辺の病院にも問い合わせの電話をかけてもらおうか」

「わかったわ。耳よりな情報をキャッチしたら、すぐ土門さんに連絡するわよ」

沙里奈が先に電話を切った。

土門はスマートフォンを懐《ふところ》に戻すと、車道に寄った。タクシーを拾い、五反田に向かう。

二十分そこそこで、目的地に着いた。『たこ忠』は、JR五反田駅のそばにあった。

明石焼きと染め抜かれた幟《のぼり》が風にはためいている。

間口《まぐち》は、それほど広くない。店先で、白い上っぱりを羽織《はお》ったスキンヘッドの男が忙《せわ》しげに立ち働いていた。

「北野という店長に会いたいんだ」

土門は、男に話しかけた。

「わしが北野や。おたく、誰やねん？」

「警察の者だ」

「用件は何や？　わし、忙しいねん」

「奥に若い従業員が二、三人いるじゃないか。手間は取らせないから、ちょっと誰かと替わってくれ」

「営業妨害したら、あかんやないかっ。つべこべ言わんと、黙って待っとれや」

「おれも忙しいんだ」

「やっかましい！」

北野が声を張った。

土門は右腕を一杯に伸ばし、北野の頭部を引き寄せた。そのまま、たこ焼きの鉄板に顔面を押しつける。北野が悲鳴をあげた。鼻と頬を焦がしたようだ。生焼けのたこ焼きが口の周《まわ》りにへばりついている。

「おまえ、銀座のクラブで関東仁友会の幹部と揉めたことがあるな？」

「それがどないしたんや！」

「その腹いせに、首藤を殺し屋《プロ》に始末させたんじゃねえのかっ」

「誰や、それ?」

「時間の無駄だったな」

土門は北野を突き飛ばし、『たこ忠』から離れた。北野はかなりの火傷《やけど》を負ったらしく、追ってはこなかった。

土門はタクシー乗り場に回った。客待ちのタクシーが何台も連《つら》なっていた。土門は空車に乗り込み、目黒区の大岡山に向かった。

池上の別れた妻の実家を探し当てたのは、午後四時半ごろだった。

割に大きな乾物屋だった。六十絡《がら》みの痩《や》せた男が店番をしている。池上の元妻の父親だろう。

土門は店先に立ち、男に声をかけた。素姓を明かし、池上春樹のことに触れた。やはり、彼の娘は池上の元妻だった。

「あの男がまた何か事件を起こしたんですね?」

「ええ、ちょっとした事件に関わってる疑いがあるんですよ。それで、池上の行方を追ってるわけです」

「そうですか」

「お孫さんの学君に池上が会いに来たかもしれないと思ったんで、ちょっと寄らせてもらったんです」

「池上は先日、学の通ってる幼稚園にやってきて、孫に包みを渡したというんです。中身はゲームソフトと三百万円の現金でした」

「そのとき、池上はどこに住んでると？」

「名古屋の中村区のマンションで暮らしてると言って、立ち去ったそうです。正確な住所までは言わなかったらしいんですがね」

「そうですか」

「学は池上の顔が写真とだいぶ違うんで、声をかけられてもわからなかったそうです」

「写真とだいぶ違う？」

「孫は小さかったころに池上と別れたんで、父親の顔をよく憶《おぼ》えてないんですよ」

相手が言った。

「学君は、どう違うと言ってました？」

「写真よりも、イケメンになったと言ってました。池上は、整形手術で顔を変えたのかもしれないな。そうだとしたら、今度は殺人事件でも引き起こしたんじゃないですか？」

「捜査内容は話せないことになってるんです」

土門は、もっともらしく言った。

「あの男が何をしたのか知りませんが、一日も早く捕まえてください。そして、池上に二度と学に近づくなと言ってくれませんか。あんな父親に接しつづけたら、わたしの大事な孫は、ろくでもない大人になってしまうでしょう」

「よくわかりました」

「刑事さん、学はそっとしておいてくださいね。あの子には、なんの罪もないんですから。お願いします」

乾物屋の店主が深く頭を下げた。

土門は相手の頼みを快諾《かいだく》し、店を出た。商店街を歩いていると、急に鋭い空腹感を覚えた。

まだ昼食を摂《と》っていなかった。土門は目に留《と》まった小さな洋食屋に入り、ハンバーグライスを注文した。備え付けの新聞を読んでいると、スマートフォンが着信した。

発信者は沙里奈だった。池上が名古屋市内の美容整形外科医院で目と鼻の手術をしたことがわかったという。池上は本名を一字だけ変えた偽名を使い、病院に住所も書き残しているという話だった。

「ちょっと待ってくれ。いま、メモするよ」

土門はスマートフォンを耳に当てたまま、上着の内ポケットから手帳を取り出した。

3

古いマンションだった。

白い外壁は、すっかり黒ずんでいる。八階建てだった。池上春樹の隠れ家だ。名古屋市中村区の外れにあった。

沙里奈が池上の潜伏先を調べてくれた翌日の正午過ぎだ。

土門は、賃貸マンションのエントランスロビーに入った。玄関はオートロック・システムにはなっていなかった。

エレベーターで、三階に上がる。池上は、池内《いけうち》という偽名で三〇三号室を借りているはずだ。歩きだしかけたとき、三〇三号室のドアが開いた。とっさに土門は物陰に身を隠した。

三〇三号室から現われたのは当の池上だった。

パンフレットの顔写真よりも少し若く見える。目鼻立ちは整っているが、本来の面《おも》差《ざ》しは変わっていない。間違いなく本人だ。

池上は背広姿だった。ネクタイをきちんと結んでいる。誰かと会うことになっているのだろうか。

土門は池上を尾行する気になった。

池上が急ぎ足でエレベーターホールの方に歩いてくる。土門は階段を下《くだ》って、先に一階に降りた。すぐにマンションの外に出て、路上駐車中のコンテナトラックの陰に走り入る。

待つほどもなく、池上がマンションから出てきた。彼は表通りに向かった。

土門は池上を尾《つ》けはじめた。

池上は表通りで、タクシーに乗り込んだ。土門もタクシーを拾った。

マークしたタクシーは名古屋駅方向に進み、中区に入った。広小路《ひろこうじ》通りを走り、有名なデパートの斜め前にあるシティホテルの前で停《と》まった。

土門は池上がホテルに入ってから、タクシーを降りた。ホテルに駆け込むと、池上はロビーで四十六、七歳の男と挨拶を交わしていた。

男は、ひと目で暴力団関係者とわかった。服装は決して派手ではなかったが、体全体に筋者《すじもん》特有の凄みを漂わせている。

二人はロビーからグリルに移った。隅のテーブル席に坐り、ウェイターに何か注文した。

その席の前後のテーブルは空いていた。土門は、二人の席の手前のテーブルについた。池上とは背中を合わせる恰好《かっこう》だった。

土門はサーロインステーキをオーダーし、煙草に火を点けた。紫煙をくゆらせながら、池上たちの会話に耳をそばだてる。

「例の会社の出資者たちの動きはどうだい？」

やくざと思われる男が池上に問いかけた。

「誰もわたしの居所を知ってる者はいないと思います」

「それを聞いて、おれも安心したよ。顔をいじったんだから、あんたの隠れ家は当分わからないだろう」

「そうだといいんですが、なんだか不安なんですよ。いっそ海外に高飛びしたい気持ちです」

「それは困る。あんたには、もうひと働きしてもらいたいからな」

「山西《やまにし》さん、今度は何をやらせる気なんです？」

「おい、おれの名は口にするなと言っただろうが！」

「すみません。気をつけます」

「ベンチャー企業への投資は、まだまだつづくと読んでるんだ。ベンチャー向けの新市場〝マザーズ〟が開設されたのは一九九九年十一月だった。その後、〝ヘラクレス〟も開かれた」

「ええ」

「それ以前は会社設立から株式公開まで、平均十年はかかってた。しかし、〝マザーズ〟や〝ヘラクレス〟のおかげで、創業二、三年のベンチャー企業も株式公開できるようになって、投資家たちもキャピタル・ゲインを得られるようになった」

「そうですね。ベンチャー・キャピタルは、いわば濡れ手で粟《あわ》です。で、業界草分けの老舗《しにせ》から銀行系、証券系といった既存勢力のほかに新興事業会社、外資系、独立系ベンチャー・キャピタルが群雄割拠《ぐんゆうかっきょ》の様相を呈《てい》するようになりました」

「ベンチャー企業の未公開株は値崩れを起こしはじめてるが、新興事業系や外資系ベンチャー・キャピタルは積極的にアーリーステージの段階で投資してる。それから、個人支援者《エンジェル》の数も増えてるんだ」

「ええ」

「そこで、もう一度同じ手品を使えるんじゃないかと思ってるんだが、どうだい？」

山西がそこまで言うと、急に会話が途切れた。注文した肉料理が運ばれてきたからだ。

ウェイターが下がると、池上たち二人はナイフとフォークを手に取った。土門は短くなった煙草の火を消した。

「まだ時期がまずいんじゃありませんかね。『ハピネス』の投資家たちの怒りは鎮《しず》まってないでしょ？」

「それだから、あんたには別人になってもらうつもりなんだ。それに必要な住民票や戸籍もこっちで揃《そろ》える」

「今度は何を売りにするんです？」

「画期的なハッキング防止装置の開発に成功したという触《ふ》れ込みなんか、グッドアイディアだと思わないか？　天才ハッカーたちが改心して、プロジェクトチームを結成し、とうとう防止装置の試作品を完成させた。そういうことなら、金はいくらでも集まるだろう」

「ちょっと話がインチキ臭くないですか」

池上が控え目に異論を唱《とな》えた。

「いや、そんなことはない。その種の防止装置が誕生するのは、もはや時間の問題だよ」

「そうでしょうか」

「あんた、気乗りしないようだな。謝礼は五億でどうだい？」

「条件は悪くありませんが、成功率は高いんですかね？」

「投資企業や個人投資家たちは一勝九敗でも、大きなリターンがあればいいと考えてる。少しぐらい危《ヤバ》いと思ってても、事業そのものが画期的なら、銭は出すさ」

「そうだといいんですがね」

「うまくいくよ。シナリオはおれが練るから、あんたはダミーになってくれればいいんだ」

「しかし……」

「池上、おれたちは運命共同体なんだ。いまさら手を引こうなんて考えねえほうがいいな」

山西が低い声で凄《すご》んだ。

「わかりました。協力しますよ」

「そうこなくちゃな。お互いに、もっとおいしい思いをしようじゃねえか」

「ええ、そうしましょう」

池上が折れた。二人は雑談を交わしながら、食事をしつづけた。

ほどなく土門のテーブルに、サーロインステーキが届けられた。倒産した『ハピネス』の真のオーナーは、山西という男に間違いないだろう。名古屋一帯を縄張りにしているのは中京会《ちゅうきょうかい》だ。

山西は中京会の二次か三次組織を仕切っているのか。それとも、大阪か京都の極道なのだろうか。

池上を痛めつける前に、山西の正体を調べてみることに決めた。

土門は大急ぎでステーキを平らげると、先にグリルを出た。グリルから遠ざかり、愛知県警本部に電話をかける。土門は刑事であることを明かし、中京会に山西という姓の男が属しているかどうか問い合わせてみた。

「山西純平《じゅんぺい》という幹部がいます」

相手が即座に答えた。

「そいつは四十六、七ですか?」

「四十七です。中京会の下部組織《エダ》の山西組の組長です」

「組事務所と自宅を教えてください」

「少々お待ちください」

「よろしく!」

土門はスマートフォンを耳に当てたまま、上着の内ポケットから手帳を取り出した。待つほどもなく相手の声がふたたび流れてきた。山西組の事務所は東《ひがし》区、組長の自宅は千種《ちくさ》区内にあった。

土門はメモを執《と》ると、電話を切った。

ちょうどそのとき、グリルから池上と山西が現われた。二人はホテルの地下駐車場に向かった。土門は二人を追い、地下駐車場に降りた。

池上たちは走路の端を歩いていた。土門は足を速め、二人の行く手に立ち塞《ふさ》がった。

「なんだ、てめえは!」

山西が肩をそびやかした。池上は山西の背後に回り込んだ。

「おまえら二人がつるんで、『ハピネス』を計画倒産させたんだなっ」

土門は言った。

「誰なんでえ？」

「山西、おれの質問に答えないと、逮捕《バク》ることになるぜ」

「あんた、刑事なのか⁉」

「そうだ。といっても、警視庁の者だがな」

「おれたちは危《ヤバ》いことなんかしてねえよ」

「そうかい」

「急いでるんだ。どいてくれ」

山西が土門を払いのけようとした。土門は蕩《とろ》けるような笑みを浮かべ、山西の肝臓《レバー》のあたりにパンチを叩《たた》き込んだ。

山西が呻きながら、体を折る。土門は膝頭で山西の顔面を蹴り上げた。肉と骨が鈍く鳴った。山西が反り身になった。

土門は肩で山西を弾《はじ》き飛ばした。

そのとき、池上が逃げる素振りを見せた。土門は池上に組みつき、捻《ひね》り倒した。そのすぐ後、背後で靴音が響いた。振り向く前に、土門は何か固い物で後頭部を強打された。

一瞬、息が詰まった。土門は片膝をつきながらも、大きく振り返った。

二十代後半の男が木刀を大上段に構えていた。山西のボディーガードだろう。

土門は両手を伸ばし、相手の脚《あし》を掬《すく》った。

木刀を持った男が仰向《あおむ》けに引っくり返った。土門は跳躍し、倒れた男の胸の上に舞い降りた。若い男が唸りながら、体を縮めた。肋骨《ろっこつ》が何本か折れたにちがいない。

土門は、落ちた木刀を拾い上げた。

ちょうどそのとき、山西が身を翻《ひるがえ》した。土門は追わなかった。山西が白いベンツに駆け寄った。あたふたと後部座席に乗り込む。

ベンツはすぐに発進し、スロープに向かった。

土門は、起き上がった池上の喉を木刀の切っ先で突いた。池上は体をくの字に折りながら、後方に倒れた。

「くそっ」

山西の用心棒と思われる男が上体を起こし、腰の後ろから匕首《あいくち》を白鞘《しらさや》ごと引き抜いた。

土門は木刀を水平に薙《な》いだ。空気が縺《もつ》れた。刀身は、相手のこめかみを直撃した。

男が転げ回りはじめた。刃物はコンクリートの床に落ちていた。

土門は短刀を拾い上げた。

そのとき、池上が急に走りだした。土門は男の腹に蹴りを入れてから、池上を追いはじめた。

池上はスロープを駆け上がると、車道を突っ切ろうとした。車の流れは激しかった。池上はセンターラインを越えた直後、走行中の乗用車に撥《は》ね飛ばされた。

宙高く舞い、ガードレールの際《きわ》に落下した。それきり動かない。頭部は血みどろだった。死んだようだ。

土門はホテルの地下駐車場に引き返した。

刃物を持っていた男は走路に横たわったまま、呻き声を洩らしていた。六、七人の男女が遠巻きにたたずんでいる。土門は無言で懐から警察手帳を摑み出し、野次馬たちに見せた。すると、人々は散った。

土門は、倒れている男をコンクリートの太い支柱の陰に引きずり込んだ。

「山西組の若い者《もん》だな？」

「そうだよ」

「名前は？」

「鶴岡《つるおか》ってんだ」

「山西に娘はいるか？」

「なんで、そんなことを訊くんでえ？」

「それじゃ、返事になってねえだろうが！」

土門は木刀を垂直に立て、先端で鶴岡の眉間《みけん》を突いた。

「い、いるよ。彩香《あやか》ってお嬢さんがいらあ」

「いくつだ？」

「二十一だよ」

「千種区の自宅にいるのか？」

「いや、きょうはスポーツクラブに行ってるはずだよ」

「そのスポーツクラブはどこにある？」

「この近くだよ。協栄スポーツクラブってとこだ。東海テレビの並びにある」

「そうかい」

「あんた、何をする気なんだ？」

鶴岡が問いかけてきた。

土門は返事の代わりに鶴岡の側頭部を思い切り蹴り、木刀を遠くに投げ捨てた。奪った匕首はベルトの下に差し込む。

土門は地下駐車場のスロープから表に出た。数台のパトカーが見えたが、池上の姿は消えていた。死亡が確認され、どこかに搬送《はんそう》されたのだろう。

土門は協栄スポーツクラブに向かった。

徒歩で五、六分の場所に七階建てのスポーツクラブがあった。土門はクロークに直行し、二十七、八歳のクロークマンに警察手帳を短く見せた。

「このクラブの会員に山西彩香はいるね？」

「はい。山西さんは、エアロビクスのトレーニング中だと思います」

「呼んでくれないか」

「山西さんが何か悪いことでもしたんですか？」

「いいから、ここに連れてきてくれ」

「わかりました」

クロークマンがカウンターから出てきて、奥のトレーニングルームに向かった。

数分待つと、クロークマンが灰色のレオタード姿の若い女と一緒に戻ってきた。目のあたりが山西によく似ている。

土門はクロークマンに短く礼を言い、レオタードを着た娘に話しかけた。

「山西彩香さんだね？」

「ええ、そうです」

「きみの親父さんがある事件で逮捕された。それで、家族から事情聴取することになったんだ。着替えたら、ちょっと署まで来てほしいんだよ」

「父は、なんの容疑で捕まったんですか？」

彩香が訊いた。

「それは署で話すよ。ここには、地下鉄かバスで来たのかな」

「いいえ、自分の車です」

「それじゃ、きみの車で署に行こう。早く着替えを頼む」

土門は急《せ》かした。

彩香が更衣室に足を向けた。土門はロビーのソファに腰をかけた。白いスポーツバッグを提《さ》げた彩香が戻ってきた。

土門はソファから立ち上がり、彩香とスポーツクラブの専用駐車場に回った。山西の娘の車は、真紅《しんく》のアルファロメオだった。

「どうぞ後部座席のほうに」

彩香がそう言い、運転席に坐った。白いスポーツバッグは助手席に置かれた。

土門はリアシートに腰を沈めた。

「あのう、中村署ですか？　それとも、東署に向かえばいいんでしょうか」

「中村署だ」

「わかりました」

彩香がイタリア車を走らせはじめた。数百メートル先で、土門は助手席のスポーツバッグを無断で摑み上げた。

「あっ、何をするんですか⁉」

「きみが覚醒剤《かくせいざい》の常用者だって情報を摑んだんだよ。ちょっと中身をチェックさせてもらうぞ」

「わたし、麻薬なんかやってません」

「ざっと中身を見るだけだ」

「でも、汗で湿った下着なんかも入ってますので……」

彩香が困惑顔になった。

土門は彩香を黙殺し、スポーツバッグのファスナーを勢いよく開けた。腰の下から短刀を引き抜き、バッグの中に入れる。

「覚醒剤なんか入ってませんでしょ？」

「ああ、パケは見つからなかったな。しかし、とんでもない物を忍ばせてるじゃないか」

「えっ⁉」

彩香がバックミラーに目をやった。土門は膝の上に置いたスポーツバッグから、おもむろに匕首を摑み出した。

「どうして⁉　なぜ、そんな物がわたしのバッグに……」

「銃刀法違反だな」

「何かの間違いです。わたし、刃物なんか持ち歩いてません。刑事さん、信じてください！」

「そう言われても、きみのスポーツバッグにこの短刀が入ってたことは間違いないんだ」

「でも、まるで身に覚えがないんです」

「きみは学生なのか？」

「はい。聖和女子大の学生です」

「これで、退学処分になるだろうな」

「刑事さん、何とかなりませんか。お財布に十万円ほど入ってます。それで、何も見なかったことにしてもらえませんか？」

「現職刑事を買収しようってわけか。さすが組長の娘だな」

「お金が足りないんだったら、後日必ず払います」

「おれは金じゃ動かない。ただ、女は嫌いじゃないよ」

「それって……」

「ホテルに一緒に行ってくれるなら、何も見なかったことにしてやろう」

「そ、そんな⁉」

「厭《いや》なら、手錠を掛けるだけだ」

「仕方ありません。ホテルに行きましょう」

彩香が意を決したように言い、次の交差点で車を右折させた。土門は短刀をベルトの下に挟み、スポーツバッグを助手席に戻した。

彩香は憮然《ぶぜん》とした顔で車を走らせ、名城公園の先にある『ウィズ』という名のラブホテルに入った。別棟式の建物が十棟ほど連《つら》なっている。モーテル風のラブホテルだ。階下がガレージで、二階が寝室になっていた。

二人は端の建物に入った。二階の寝室に引きこもると、彩香は無言で浴室に歩《ほ》を運んだ。

土門はラブチェアに腰かけ、煙草を二本喫《す》った。

そのすぐ後《あと》、純白のバスローブをまとった彩香が浴室から出てきた。土門は立ち上がって、上着の内ポケットからスマートフォンを取り出した。

「親父さんの携帯《ガラケー》かスマホのナンバーは？」

「どういうことなの⁉　父は逮捕されて、警察にいるんでしょ？」

「その話は嘘だよ。どうしても山西に会って確かめたいことがあったんで、きみを人質に取ったのさ」

「それじゃ、さっきの刃物はあなたがわざとスポーツバッグの中に入れたのね」

「そうだが、きみはもう逃げられない。逃げたら、背中に短刀《ドス》を突き刺すぞ」

「乱暴なことはしないで」

彩香が竦《すく》み上がり、父親のスマートフォンの番号を明かした。土門は電話をかけた。すぐに男の声で応答があった。山西だった。

「組長が子分を残して逃げるのは、みっともないぜ」

「き、きさまは……」

「そうだ。いま、おれはあんたの娘の彩香と名城公園の近くにある『ウィズ』というラブホにいる」

「その手にゃ乗らねえぞ」

「いま、娘と替わってやる」

土門はスマートフォンを彩香の耳に押し当てた。

彩香が涙声で父親に救いを求めた。土門はスマートフォンを自分の耳に戻した。

「いまから三十分以内に、こっちに来い。もちろん、あんたひとりで来るんだ。おれたちは十号棟にいる」

「もう娘に悪さをしやがったのかっ」

「何もしちゃいないよ」

「ほんとだな？」

「ああ。丸腰で来なかったら、娘を姦《や》っちまうぞ」

「言う通りにするから、彩香には指一本触れるな」

「いいだろう。十号棟の前でパンツ一丁になったら、ガレージのシャッターを二度叩け」

「ああ、わかったよ」

電話が切れた。

土門はスマートフォンを懐に突っ込むと、彩香のバスローブを剝《は》いだ。それから彼女をダブルベッドに仰向けに横たわらせ、バスローブのベルトで両手首をきつく縛った。

彩香の裸身は眩《まばゆ》いほど瑞々《みずみず》しい。乳房は果実を連想させた。腰の曲線はたおやかだ。股間の翳《かげ》りは愛らしかった。

土門は淫《みだ》らな気分になったが、ラブチェアに坐った。

二十数分が過ぎた。土門は部屋を出て、階下に降りた。鶴岡から奪った匕首を鞘ごと腰から引き抜いたとき、シャッターが二度叩かれた。

土門は用心しながら、シャッターを半分ほど巻き揚げた。

衣服を胸に抱えた山西が寒さに震えながら、ガレージの中に入ってきた。トランクス一枚だったが、靴は履《は》いていた。

土門は手早くシャッターを下《お》ろし、山西を寝室に押し上げた。山西は全裸の娘を見たとたん、目を逸《そ》らした。

「おれはちゃんと来たんだ。娘に服を着させてやってくれ」

「こっちの質問に答えてからだ」

土門は匕首を引き抜き、刀身を山西の太い首筋に密着させた。山西が体を強張《こわば》らせる。

「あんたは池上を『ハピネス』のダミー社長にして、投資企業や一般投資家から集めた出資金を懐に入れ、会社を計画倒産させた。そのことを関東仁友会の首藤に知られたんで、殺し屋《プロ》に始末させたんじゃないのかっ」

「なんの話だか、おれにはわからねえな」

「そっちがその気なら、おれの目の前で近親相姦《きんしんそうかん》をやらせるぞ」

「近親相姦だって⁉」

「そうだ。ベッドに上がって、娘の大事なとこを舐《な》めまくってやれ。それとも、先に娘にくわえてもらいたいか？　自分の好きなほうを選びな」

「おれは犬畜生じゃない。自分の娘におかしなことはできねえ」

「なら、仕方がない」

土門は山西に言いおき、彩香に声をかけた。

「ベッドから降りて、父親の前にひざまずけ」

「わたしに変なことをさせないで」

「言われた通りにしないと、親父さんの頸動脈《けいどうみゃく》から血煙が上がることになるぞ。それでもいいのか？」

「悪魔！」

彩香がベッドから降り、山西の前にひざまずいた。土門は山西のトランクスを膝の下まで一気に引きずり下ろした。

「彩香、離れろ！」

「命令に背《そむ》いたら、お父さん、殺されちゃうのよ」

「ただの威《おど》しさ」

「お父さん、見ないで。目をつぶってて」

彩香は父親のペニスを握り込むと、亀頭を浅くくわえた。

山西が驚き、腰を引いた。彩香は両腕で父の腰を強く引き寄せ、口唇愛撫を止めようとしない。

「池上をダミーの社長にして、『ハピネス』を計画倒産させたことは認めるよ。けどな、首藤なんて野郎は知らねえ」

「知らないだと？　首藤は『ハピネス』に約十二億円も出資してた。てめえ、殺されてえのかっ」

「し、知ってるよ。首藤のことは。首藤は池上に出資金を全額返さないと、ぶっ殺すと脅迫してたらしいからな。けど、おれはヒットマンなんか雇ってねえ」

山西が大声で主張した。嘘をついてるようには見えなかった。

土門は左手で上着のポケットからデジタルカメラを取り出し、彩香のフェラチオシーンを動画撮影しはじめた。

山西がそれに気づいた。

「きさま、何をしてるんだっ」

「ちょいと保険をかけたのさ。中京会の奴らにうろつかれるのは、うっとうしいからな」

「デジカメのSDカード、売ってくれ」

「そうはいかない。もう娘にしゃぶられちまったんだ。犬畜生になって、近親相姦を娯《たの》しめや」

土門は山西の首筋を浅く傷つけ、父娘《おやこ》から離れた。部屋を出て、アルファロメオに乗り込む。キーは差し込まれたままだった。

土門は短刀を窓から投げ捨て、イグニッションキーを勢いよく捻《ひね》った。

4

登庁したのは午後三時過ぎだった。

土門は大きな欠伸《あくび》をしながら、組対第四課の刑事部屋に入った。名古屋に出かけた翌日である。

戸張課長が自席に坐っているだけで、同僚の刑事は誰もいない。何か大きな事件が発生したのだろうか。土門は課長の席に歩み寄った。

「この時間に登庁とは、いいご身分だな」

戸張が厭味《いやみ》たっぷりに言った。

「おれは私生活を犠牲《ぎせい》にして、職務に精出してるんでね。昨夜《ゆうべ》は徹夜で張り込みだったんですよ」

「誰を張ってたというんだね？」

「ある警察官僚ですよ。そいつは大物財界人に小遣い貰って、秘密ＳＭクラブに通ってる」

「その話は、ほんとなのか？」

「冗談ですよ」

「なんて奴なんだっ。きみは、上司のわたしを舐めてるんじゃないのか」

「そうだとしたら、どうします？　平岡副総監のとこに相談に行く気かな」

「そんなことはせんよ」

「課長、なんかでっかい事件《ヤマ》があったようですね。何があったの？」

「住川会の兵頭《ひょうどう》総長が自宅近くを散歩中に関西の若い極道に短機関銃《サブマシンガン》で撃《ハジ》かれたんだ」

「で、兵藤は死んだのか」

「いや、肩を撃たれただけだよ。でもな、ボディーガードの二人は射殺された。犯人は逃走中だ」

「御三家は、西の最大勢力が戦争を仕掛けたんじゃないかと色めきたってるわけか」

「みんなに警戒を強めるよう指示を与えたんだよ」

「そうだったのか。ところで、首藤の事件《ヤマ》に何か動きは？」

　土門は訊いた。

「実行犯はまだ割り出せてないんだが、ちょっと面白い事実がわかったんだ」

「どんなこと？」

「きみも、『幸せの雫《しずく》』という新興宗教団体のことは知ってるね」

「もちろん、知ってますよ。三十数万人の信者を抱えてる教団で、二代目教団主は確か元外務省のエリートだったな」

「そうだ。実はね、殺された首藤は『幸せの雫』の信者だったんだよ」

「それは意外な話だな。生前、首藤はそんなことは一言も口にしなかったんですよ。入信したのは、いつなんです？」

「まだ一年も経《た》ってないんだ。これは単なる臆測《おくそく》なんだが、首藤は何かビジネスをしたくて、『幸せの雫』に接近したんじゃないだろうか」

「何か根拠がありそうだな」

「ちょっとね。きのうの夕方、日本橋二丁目で多重衝突事故があったんだが、知ってるだろ？」

「いや、知りません。テレビのニュースは観《み》なかったし、新聞も読まなかったんでね」

「そうか。事故現場は永代《えいたい》通りと昭和通りがクロスする交差点付近だったんだ。永代通りで赤信号に引っかかった乗用車のドライバーがうっかりブレーキとアクセルを踏み間違えて、昭和通りを走行中のライトバンと衝突してしまったんだよ」

「それで、ライトバンの後ろを走ってた車が次々と追突しちゃったわけか」

「そうなんだ。ライトバンに直《じか》にぶつかったクラウンには、『幸せの雫』の幹部の日沼功《ぬまいさお》という男が乗ってた。そして、クラウンのトランクには〝ヤーバー〟が五千錠も隠されてたんだよ」

戸張が言った。

〝ヤーバー〟は、タイやミャンマーで密造されている錠剤型覚醒剤だ。錠剤の値が安いこともあって、東南アジアの若者たちの間で十数年前から常用されている。

それに目をつけた日本の暴力団がほぼ同時期に〝ヤーバー〟を闇ルートで入手するようになった。精製された覚醒剤の密売より利益は少ないが、錠剤の場合は摘発を免《まぬか》れやすい。栄養剤やスタミナ剤を装うこともできるからだ。

「首藤が闇ルートで手に入れた〝ヤーバー〟を『幸せの雫』に売ってたんじゃないかと思ったわけだ？」

「新興宗教団体がＬＳＤなどの幻覚剤を信者に与えて、巧《たく》みにマインドコントロールしてた事例は幾つかある。〝ヤーバー〟で洗脳はできないが、麻薬の虜《とりこ》にはできるからな」

「そうですね。中毒者《ジャンキー》にさせられたら、信者は教団から離れなくなるだろう」

「首藤は〝ヤーバー〟を流してやってることで教団に恩を着せ、何か無理難題を吹っかけたんじゃないだろうか」

「それで、『幸せの雫』は困り果て、誰かに首藤を始末させた？」

「ひょっとしたらね」

「クラウンのトランクには、ほかに何か入ってたのかな」

「倒産した『ハピネス』という介護サービス会社の未公開株が約五万株入ってた」

「そうですか」

土門は関心のなさそうな返事をしたが、大きな手がかりを摑んだ気がしていた。首藤は『ハピネス』のダミー社長から出資した約十二億円を回収することは難しいと判断し、紙屑《かみくず》になってしまった未公開株を強引に『幸せの雫』に売りつけたのではないだろうか。

そう考えれば、『幸せの雫』が首藤殺しに関与した疑いの説明がつく。首藤は何度かに分け、未公開株を売りつける気だったのかもしれない。教団側は首藤の肚《はら》を読み、早目に手を打ったのか。

「教団幹部の日沼功を麻薬取締法違反で緊急逮捕したんだが、衝突時に顔面と胸部を強打してるんで、中野の東京警察病院に入院させたんだ」

「そうなのか」

「土門君、一度、副総監を交《まじ》えて食事をしないかね。われわれは身内同士なんだ。いつまでも反目し合ってるのはよくないよ。腹を割って、とことん話し合おうじゃないか。どうだい？」

「今度は懐柔《かいじゅう》作戦ってわけですか。その手には引っかかりませんよ、おれは」

「いつまでもつけ上がるんじゃない！」

戸張が憤然と席を立ち、そのまま部屋を出ていった。

土門は自分の席についた。両脚を机の上に投げ出し、私物のスマートフォンを上着の内ポケットから取り出した。『仁友商事』の及川専務に電話をかける。

「土門だ」

「ああ、どうも。何か？」

「首藤は『幸せの雫』の信者だったんだってな」

「ええ。十カ月ぐらい前でしたかね、入信したのは」

「入信の動機は何だったんだ？」

「多くを語りたがりませんでしたが、首藤の兄貴は心の拠《よ》り所《どころ》がほしいんだと言ってましたよ。われわれは毎日が修羅場《しゅらば》ですからね」

「そんなきれいごとじゃねえだろうが！」

「えっ」

「首藤はタイから〝ヤーバー〟を買い付けてたな？　そして、錠剤型覚醒剤を『幸せの雫』に売ってたんじゃねえのかっ」

「土門の旦那、関東仁友会は麻薬ビジネス御法度《ごはっと》なんですよ」

及川が心外そうに言った。

「そいつは知ってらあ。しかし、首藤は『ハピネス』に多額の投資をして、まんまと出資金を騙し取られちまった。その回収もうまくいかなかった。だから、首藤は〝ヤーバー〟に手を出したんじゃないのか。え?」

「〝ヤーバー〟になんか、絶対に手を出してませんよ。なんだって、そんなふうに思ったんです?」

「いいだろう、話してやるよ」

土門は、教団幹部の日沼が運転していたクラウンのトランクに大量の〝ヤーバー〟と『ハピネス』の未公開株が五万株入っていた事実を語った。

「そいつは驚きですね。だからって、死んだ首藤社長が〝ヤーバー〟と未公開株を『幸せの雫』に売りつけてたってことにはならないでしょ? 首藤の兄貴は、仏教と神道《しんとう》を融合させた教典を信奉《しんぽう》してたんです。そんな教団に迷惑をかけるようなことはやらないと思いますがね」

「そうかな」

「兄貴のことをそんなふうに疑うのは、あんまりですよ。首藤社長は同業者に恨《うら》まれると知りながら、土門さんに裏社会の情報を流してたんですから」

「ずいぶん恩着せがましいことを言うじゃねえか。おれたちは、持ちつ持たれつの関係だったんだ。一方的にこっちが世話になってたわけじゃない。むしろ、おれは関東仁友会の裏の仕事にはだいぶ目をつぶってやった」

「それはそうですが……」

「ま、いいさ」

「旦那、怒らないでください」

及川がおもねるような口調で言った。

「別に怒っちゃいねえよ」

「ほんとですね」

「ああ。それじゃ！」

土門は先に電話を切った。それを待っていたように、すぐ着信音が響きはじめた。

電話をかけてきたのは悪徳弁護士の黒須だった。

「その後、どうしたかと思ってね」

「また遠回りをしちゃいました」

土門はそう前置きして、名古屋での出来事をつぶさに語った。さらに首藤が『幸せの雫』の信者だったことも伝えた。

「企業舎弟《フロント》の社長をやってた男が本気で新興宗教の教えを信じてたとは思えないな」

「やっぱり、黒さんもそう思いましたか。おれは、首藤が教団をビジネスの種《ネタ》にする気でいたんじゃないかと……」

「それは、ほぼ間違いないだろうな。土門ちゃんも知ってるだろうが、いまの二代目教団主の太刀川直哉《たちかわなおや》は外務省のアジア局勤務時代に民自党の国会議員と結託して、タイヤカンボジアに渡った途上国援助金《ODA》の五パーセントをピンハネしてたんだ。そのことが発覚して、太刀川は懲戒《ちょうかい》免職になった。もう三年も前のことだがね」

「そんなに経つのか。確か太刀川は母親が教祖だった『幸せの雫』の二代目教団主になって、信者数を倍ぐらいに増やしたんでしたよね？」

「そう。現在、四十七歳の太刀川は東大出身のエリート官僚で、いずれは事務次官まで昇りつめるだろうと見られてた男だ。しかし、ＯＤＡのピンハネ問題でつまずいてしまった。それで病気がちな母親の仕事を引き継《つ》いだんだが、派手な布教パフォーマンスをやって、若い世代の信者たちを増やした」

「マスコミ報道で、おれもそのことは知ってますよ」

「太刀川はなかなかの野心家で、大物政財界人や裏社会の顔役たちとも親交を深めてる。そのうち、何かどでかいことをやるつもりなんだろう」

「首藤は、太刀川の何か後ろ暗いことを知って教団に潜《もぐ》り込んだのかもしれないな」

「おそらく、そうだったんだろう。土門ちゃん、何か思い当たるか？」

黒須が問いかけてきた。土門は〝ヤーバー〟と『ハピネス』の未公開株のことを話した。

「関東仁友会が服《の》む覚醒剤をタイから買い付けてるって話は聞いたことがないな。桜田門は何か物証を摑んでるのか？」

「いや、そういう話は聞いてない」

「だったら、日沼という教団幹部がクラウンのトランクに積んでた五千錠の〝ヤーバー〟は別の組織から買ってたんじゃないのかな。おおかた太刀川は教団から脱《ぬ》けそうな若い信者たちに〝ヤーバー〟を与え、繋《つな》ぎ留《と》めてるんだろう」

「そいつらが教団から遠ざかる気配を見せたら、非合法ドラッグに手を出したことをちらつかせて、思い留《とど》まらせてるんだろうか」

「ああ、多分ね。『ハピネス』の未公開株については、なんとも言えないな。殺された首藤が〝ヤーバー〟のことを仄《ほの》めかして太刀川に五万株を引き取らせたのかもしれないし、あるいは二代目教団主が『ハピネス』に実際に投資したのかもしれないからさ」

「そうですね」

「土門ちゃん、東京警察病院に入院してる日沼に会ってみなよ」

「ええ、そうするつもりでした」

「何かあったら、いつでも協力するよ」

黒須が通話を切り上げた。

土門は懐にスマートフォンを戻すと、自席から離れた。本部庁舎のそばでタクシーを拾い、中野にある東京警察病院に向かう。

二十分そこそこで着いた。

土門は東京警察病院の外科病棟に急ぎ、エレベーターで三階に上がった。ナースステーションで、日沼功の病室を教えてもらう。一番奥の個室だった。

その病室の前には、若い制服警官が立っていた。土門は刑事であることを明かし、入室許可を得た。

病室の窓はカーテンで塞《ふさ》がれ、薄暗かった。ベッドに五十年配の男が仰向けに横たわっている。その人物が日沼であることは、確認済みだった。

日沼の額には、繃帯《ほうたい》が巻かれていた。胸の上にはアーチ型の保護具が被せられている。眠っているのか、日沼は微動だにしない。

「ちょっと訊きたいことがあるんだ」

土門は日沼に声をかけた。だが、返事はなかった。

肩を揺さぶってみた。それでも、なんの反応もない。

変だ。土門は電灯のスイッチを入れた。ふたたびベッドに歩み寄り、日沼の鼻の下に指をやる。

なんと日沼は呼吸をしていなかった。顔面と胸部の怪我《けが》だけで、容態《ようだい》が急変することは考えにくい。誰かに殺されたと考えるべきだろう。

土門はベッドの際《きわ》に屈《かが》み込み、日沼の喉元を仔細《しさい》に観察した。

索条痕《さくじょうこん》がくっきりと彫り込まれている。ザイル状の縄で首を絞められたことは間違いない。

「ちょっと来てくれ」

土門は大声で若い巡査を呼んだ。巡査が慌てた様子で、病室に駆け込んでくる。

「どうかされましたか？」

「日沼は死んでる」

「えっ」

「誰かにロープで首を絞められたようだ。索条痕がくっきりと残ってる。見てみな」

土門は横に体をずらした。若い警官が中腰になり、日沼の首筋に目をやった。

「ええ、確かに索条痕が鮮やかに……」

「手洗いに立ったほかは、持ち場を離れてないんだろ？」

「はい」

「それじゃ、犯人はそっちがトイレに行ってる隙《すき》に病室に忍び込んで、日沼を殺害したんだろう」

「そうとしか考えられませんね。なんだって、日沼功は殺されたんでしょう？」

「日沼に余計なことを喋られては困る人間がいたんだろうな。後のことは頼むぜ」

土門は若い警官の肩を叩き、足早に病室を出た。

エレベーターで一階に降りると、客待ち中のタクシーが見えた。その車に乗り込み、土門は浜田山にある首藤の自宅に向かう。

およそ二十分で、目的地に着いた。殺された首藤の自宅は閑静な住宅街の一角にあった。

モダンな造りの家屋《かおく》だった。敷地は七十坪ぐらいだろうか。

門柱のインターフォンを押すと、未亡人が応答した。土門は素姓《すじょう》を告げ、事情聴取に協力してほしいと来意を告げた。

「どうぞお入りになってください」

未亡人の声が途絶えた。

土門は門扉《もんぴ》を押し、石畳を進んだ。ポーチに立つと、重厚な玄関ドアが押し開けられた。応対に現われた首藤の妻は、意外なほど地味な女性だった。化粧は薄く、服も派手ではない。四十七、八歳だろう。

娘の茉利花は自分の部屋にいるのか。それとも、外出中なのだろうか。

土門は、まず仏間で故人に線香を手向《たむ》けた。別に悲しみは湧《わ》いてこなかった。首藤は友人ではない。単なる情報提供者だった。

「お話は別の部屋でうかがいます」

未亡人は型通りの挨拶をすると、すぐに立ち上がった。

土門は、玄関ホールに面した十五畳ほどの応接間に通された。首藤の妻は土門をソファに坐らせると、いったん応接間から出ていった。彼女は一分ほどで戻ってきて、土門の前に腰かけた。

「まだ犯人は見つからないんですか?」

「申し訳ありません。そう遠くない日に必ず犯人を逮捕します。早速ですが、二、三、確認させてください。ご主人は十カ月ほど前に『幸せの雫』に入信されてましたよね?」

「ええ。若いころは神も仏も信じてなかったんですけど、去年、幼馴染《おさななじ》みの男性が急死してから、何か精神的な支えが欲しくなったと言い出しはじめて……」

「それで、入信したわけか」

「ええ、そうなんです」

「教団主については、どんなふうにおっしゃってました?」

「尊敬できる方だと申しておりました」

「そうですか。教団幹部の日沼功は、ご存じなのかな」

「わたしはお目にかかったことはございませんが、主人がその方と何度かゴルフに出かけたことは記憶しています。日沼さんが首藤の事件に何か関わりでも?」

「そういうわけではないんですが、何か教団内で揉め事があったのではないかと考えたものですから」

「主人の口から、そういう話は聞いたことがありませんね」

「そうですか。事件前に不審な人物がこのあたりをうろついてたなんてことは？」

土門は問いかけた。

「そういうこともなかったですね」

「仕事上のことで、ご主人があなたに何か悩みを打ち明けたことは？」

「首藤は、仕事の話は家ではまったくしませんでした」

未亡人が答えた。

そのすぐ後、二十三、四歳の小太りの女が二人分の茶を運んできた。首藤とよく似ていた。

「娘の茉利花です」

未亡人が言った。土門は、危うく声をあげそうになった。

先日、本庁を訪ねてきた美女とは明らかに別人だ。同じ名の姉か妹がいるわけはない。首藤の娘になりすました謎《なぞ》の女は、いったい何者だったのか。

茉利花が会釈《えしゃく》して、コーヒーテーブルに二つの湯呑み茶碗を置いた。土門は軽く頭を下げた。

首藤の娘が応接間から出ていった。

正体不明の女は、自分を罠に嵌《は》める目的で接近してきたにちがいない。レイプされることも計算済みだったと思われる。キャリアの誰かが、逆転の勝負に打って出たのか。

土門はそこまで考え、謎の美女が首藤殺しの犯人捜しを強く求めた理由に拘《こだわ》った。自分を暴行魔に仕立てるのに、わざわざ手の込んだことをする必要はない。犯人捜しの依頼には何か意味があるはずだ。姿なき敵は、いったい何を企《たくら》んでいるのか。

土門は茶をひと口啜《すす》ると、首藤の自宅を辞去した。

歩きながら、謎の女のスマートフォンを鳴らしてみる。だが、その電話は現在使われていなかった。

「あの女を必ず見つけ出して、股を引き裂いてやる！」

土門は呟いて、足を速《はや》めた。

第四章　罠《わな》の向こう側

1

ニュースが報じられはじめた。

土門はテレビの音量を高め、ソファに腰かけた。西新宿にあるシティホテルの一室だ。日沼が殺された翌朝である。あと五分ほどで、十時になる。

ツインベッドルームだ。どちらも寝具は乱れていた。

前夜、土門は歌舞伎町にあるルーマニアパブで飲んだ。たまたま席についた若いルーマニア人ホステスは彫りこそ深いが、どこか東洋人に近い容貌《ようぼう》だった。黒髪で、それほど背も高くなかった。

その店には、七人のルーマニア人ホステスがいた。常連客の話によると、七人のうち二人は金で簡単に客と寝るらしい。土門は試《ため》しに自分のテーブルについた女を誘ってみた。

女は、あっさり誘いに応じた。

土門は女を店から連れ出し、このホテルにチェックインした。五万円の遊び代を渡すと、女はバスルームに入った。土門は数分後に浴室に入った。

女の恥毛はきれいに剃《そ》り落とされていた。ビザ切れで帰国したとき、ヒモ同然の恋人に飾り毛を剃られてしまったという。

ルーマニアは失業率が高い。定職を持たない恋人は昼間から強い酒を呷《あお》り、荒《すさ》んだ生活をしているらしい。女は恋人にパン屋をやらせ、両親に豪邸をプレゼントしたくて、遠い異国で稼いでいると明かした。

夜の女たちの身の上話は、たいがい虚構《フィクション》だ。しかし、土門はなぜか彼女の話をすんなりと信じた。

二人はバスルームでひとしきり戯《たわむ》れ、ベッドで本格的にプレイを愉《たの》しんだ。

女はサービス精神に富んでいた。土門の足の指をしゃぶり、肛門にも舌を這《は》わせた。フェラチオも上手だった。思わず土門は声を洩らしてしまった。

女はどんな体位にも快く応じ、白い裸身を若竹のように撓《しな》わせた。本気で喘《あえ》ぎ、切なげに腰をくねらせた。

土門は心ゆくまで女を抱いた。

女が帰るとき、車代として二万円のチップを渡した。彼女は日本語とルーマニア語で礼を言い、嬉《うれ》しそうに笑った。他人に媚《こ》び、金にひざまずくような生き方は本来、見苦しいものだ。しかし、彼女の笑顔は透明だった。

土門は昨夜の爛《ただ》れた情景を脳裏から消し、画面を見つめた。火災のニュースが終わると、画面に東京警察病院が映し出された。

「きのう東京警察病院に入院中だった目黒区八雲《やくも》の団体職員、日沼功さん、五十一歳が病室で絞殺されたことはすでにお伝えしましたが、さきほど犯人が警察に自首しました」

三十代後半の男性アナウンサーがいったん言葉を切り、すぐに言い継《つ》いだ。

「犯行を自供したのは中野区野方《のがた》の水道配管工、豊雅之《ゆたかまさゆき》、二十三歳です。豊は、日沼さんが事務局長を務めていた新興宗教団体『幸せの雫《しずく》』の元信者でした。警察の調べによると、豊はタイで密造された覚醒剤の錠剤〝ヤーバー〟をかつての信者仲間たちに強引に売りつけていた模様です。そのことを知った日沼さんが豊に五千錠の錠剤型覚醒剤の引き取りを求めていたようですが、犯人は拒《こば》みつづけていました。日沼さんはやむなく教団内に隠されていた〝ヤーバー〟を自分の車のトランクに積み、千葉の産廃施設に運ぶ途中に多重衝突事故に遭《あ》って、警察病院に入院中でした」

アナウンサーが、また間《ま》を取った。

「豊は日沼さんが麻薬取締法違反で緊急逮捕されたことを新聞報道で知り、自分がかつての信者仲間たちに〝ヤーバー〟を売りつけていた事実が発覚するのを恐れ、犯行を思い立ったと供述しています。近く警察は、日沼さんを誤認逮捕したことを正式に謝罪する予定です。次は外国人グループによるコンビニ強盗事件のニュースです」

画面が変わった。

土門はソファから立ち上がり、テレビの電源スイッチを切った。警察に出頭したという犯人は、どうも身替り犯臭い。そうだとすれば、『幸せの雫』の教団主が殺し屋《プロ》を雇って、日沼を始末させたのだろう。

やはり、太刀川は〝ヤーバー〟を信者たちに与え、教団に縛《しば》りつけていたのか。『幸せの雫』の教団本部は、武蔵野《むさしの》市吉祥寺《きちじょうじ》北町にある。土門は週刊誌で、太刀川の顔写真を見ていた。元外務省職員はインテリ然とした面立《おもだ》ちをしている。

教団本部に行ってみる気になった。

土門は手荷物をそのままにして、すぐに部屋を出た。フロントには、二泊分の保証金を預けてあった。

部屋は十階にある。土門はエレベーターで地下一階の駐車場に降り、無断借用する車を物色しはじめた。メタリックブラウンのボルボを選んだ。まだ割と新しかった。

土門は万能鍵《キー》を取り出そうとしたが、その必要はなかった。

なんと車の鍵は差し込まれたままだった。ボルボの持ち主は、よほど慌《あわ》てていたのか。あるいは、生来の粗忽者《そこつもの》なのだろう。

どちらにしても、エンジンとバッテリーを直結させる手間が省《はぶ》けた。土門はボルボに乗り込み、エンジンを唸《うな》らせた。

ホテルの地下駐車場を出て、吉祥寺をめざす。およそ四十分で、吉祥寺北町に達した。

『幸せの雫』の教団本部は、北町五丁目にあった。七、八百坪の敷地の奥まった所に、鉄筋コンクリート造りの五階建てのビルが建っている。外壁は薄茶の磁器《じき》タイル張りだった。

土門はボルボを教団本部の斜め前に停《と》めた。煙草《たばこ》を一本喫《す》ってから、車を降りる。土門は通行人を装って、教団本部の内庭を覗《のぞ》き込んだ。教団の職員らしき中年の女性が落ち葉を掃《は》き寄せていた。ほかに人の姿は目に留《と》まらない。

週刊誌の記事によると、太刀川は教祖の母親と本部ビルの五階で生活しているようだ。土門は最上階を見上げたが、どの窓も白いレースのカーテンで閉ざされていた。

教団本部の周《まわ》りを一巡してから、ボルボの運転席に入る。土門は私物のスマートフォンを使って、教団本部に電話をかけた。

スリーコールで、女性職員が受話器を取った。それほど声は若くない。さきほど庭掃除をしていた女性だろうか。

「わし、中村という者やけど、二代目に替わってんか」

　土門は作り声で言った。関西の元極道を装うことにしたのだ。

「失礼ですが、どちらの中村さんでしょう？」

「大阪の中村や。わしな、昔っから『幸せの雫』の教えには共鳴しとったん。先代の教祖とは一度だけ会《お》うたことがあるねん。ほんま、慈悲深そうな目えしとったわ。体調を崩されたという話やけど、その後どないなんやろ？」

「おかげさまで、散歩に出られるようになりました」

「それはよろしいな。わし、ほっとしたわ。二代目さんは、おるんやろか？　実はわし、生コンクリートの会社をやってんねん。社員が百三十人ほどおるんやけど、わしと全社員が入信したい思うてるんや。どないやろ？」

「大歓迎です」

「そう言うてもらえると、わしも嬉しいわ。すぐにも全員で入信したいとこやけど、ちょっと問題があるねん」

「問題とおっしゃいますと？」

「わしもそうやけど、社員のうち十九人が前科者なんや。前科言うても、脅迫や傷害罪で刑務所に送られたんが多いねん。前科歴があったら、『幸せの雫』に入れてもらえないいんやろか？」

「そんなことはないと思いますよ。すぐ近くに二代目教団主がおりますので、お電話替わりますね」

相手の声が沈黙した。待つほどもなく、太刀川直哉が電話口に出た。

「お話は職員から聞きました。前科歴などは、なんの問題にもなりません。どうぞ社員の方たちとご一緒に入信なさってください」

「ありがたいお話で、涙が出そうや。近々、みんなで教団本部に伺《うかが》いますわ」

「いつでもいらしてください」

「入信するときは、教団に一億円ほど寄附させてもらいますわ」

「それはありがたいお話ですね。お目にかかったとき、改めてご挨拶《あいさつ》させていただくつもりです」

「気ぃ遣《つこ》うてくれなくてもええんや。寄附した分は法人所得から差っ引かれるんやから、一種の節税対策ですねん」

「そうですか」

「話は飛ぶけど、わし、若い時分は手のつけられん暴れん坊やったんや。そやさかい、組関係者に大勢知り合いがおるねん」

「そうなんですか。それが何か？」

「裏会社から流れてきた情報なんやけど、教団が〝ヤーバー〟を大量買いしてるんやてな？」

土門は探りを入れた。

「誰がそんなデマを……」

「そう警戒せんでも、ええでしょうが？　わし、口《こう》は堅いで。〝ヤーバー〟は、どの組から買いつけてるんやろか。一錠なんぼで買《こう》てるんです？　わしやったら、めちゃくちゃ安く手に入るで。安全なルートつけたるわ。警察も知らんルートですねん」

「そういう交換条件付きでしたら、入信していただかなくても結構です。電話、切らせてもらいます」

「待ってや、二代目さん！　実はわし、教団がどこから〝ヤーバー〟を仕入れてるか知ってんねん」

「えっ」

太刀川が絶句した。

「だいぶ狼狽《ろうばい》したようやな。けど、ビビることあらへん。わし、あんたの味方やから」

「味方？」

「そうや。あんたが教団幹部の日沼功という男を誰に殺《や》らせたかも見当ついてんねん」

「日沼を殺害した犯人は、警察に出頭したはずです。えーと、その男は豊雅之という名で、一時期、うちの教団の信者だったと職員から聞いてます」

「そいつは身替り犯でっしゃろ？　違いまっか」

「あなたは何をおっしゃりたいんですっ」

「二代目、声が上擦《うわず》ってるで」

「あなたは極道なんだな」

「そやったら、どないすんねん？　〝ヤーバー〟を流してくれてる組に泣きつく気かいな」

「あなたはわたしを罪人に仕立てたいようだが、こちらには何ら疚《やま》しいことはない」

「そこまで言い切ってもええんか？　わしは、いろいろ証拠を摑んでるんやで」

「証拠ですって？」

「そうや。首藤の事件のことまで知ってるんやで」

土門は、はったり《ブラフ》をかませた。

「首藤？」

「白々《しらじら》しいこと言いなや。首藤正邦のことや、関東仁友会の理事をやっとったな。首藤は十カ月ほど前に『幸せの雫』に入っとる。知らんなんて話は通らんで」

「うちの教団の信者は三十万人もいるんです。信者個人のことまで、わたしはいちいち憶《おぼ》えてない」

「それはそうかもしれんな。けどな、首藤は教団幹部だった日沼功と親しくしとった。

二人が一緒にゴルフに出かけたことも、わしは知っとるんやで。あんたは日沼から、首藤のことを絶対に聞いとったはずや」

「そんな男のことはまったく記憶にない」

「東大出の学校秀才も、けっこう粘《ねば》るやないか」

「電話、切るぞ」

太刀川が苛立《いらだ》たしげに言った。

「わしを本気で怒らせる気なんか？　あんた、ええ度胸してるな。わしが〝ヤーバー〟のこと、それから首藤と日沼の死の真相を警察かマスコミにリークしたら、あんたは一巻の終わりやで」

「えっ⁉」

「そうなってもええ思うとるんやったら、電話切りいな」

「繰り返すが、わたしは人に後ろ指を差されるようなことは何もしてない。しかし、おかしな噂《うわさ》やデマを流されるのは困る。わたしは、大勢の信者たちを護《まも》らなければならない立場にあるんだ」

「きれいごとやろ、それは？」

「おたくの目的は何なんだ？　金が欲しいのかっ」

「とりあえず、あんたに会いたいねん。これから、吉祥寺の教団本部に行ってもええで。実は、すぐ近くまで来てるんや」

「ここに来るのはやめてくれ。迷惑だ。どこか外で会おうじゃないか。井《い》の頭《かしら》公園、知ってるかな」

「知らんわ。この近くにあるんか？」

「駅の反対側にある。吉祥寺駅から、そう遠くない」

「行けば、わかるやろ。で、何時に落ち合う？」

「午後二時にしよう。公園の中に細長い池があって、その中央のあたりに橋が架《か》かってる。橋の上で会おうじゃないか」

「わかったわ。妙な御供《おとも》がおったら、わし、約束破るで」

「ひとりで行くよ」

「そうしてんか」

土門は電話を切って、左手首のロレックスを見た。

午後一時を七分ほど回っていた。土門はボルボを走らせはじめた。

住宅街を低速で進み、五日市《いつかいち》街道を左に折れる。八幡宮前《はちまんぐうまえ》交差点を右折し、公園通りを直進した。第二パークサイドマンションの少し先にボルボを駐《と》め、井の頭公園内に足を踏み入れる。

水生物館の裏手を回り込み、いったん池の向こう側に渡った。池の畔《ほとり》には、樹木が連《つら》なっている。このあたりから、狙撃者《そげきしゃ》に自分をシュートさせるつもりなのだろう。

土門は近くのベンチに坐《すわ》り、ラークをくわえた。

陽溜《ひだ》まりの中で、若い母親たちが立ち話をしている。その周囲を幼児たちがはしゃぎながら、駆け回っていた。

かと思うと、七十年配の男が寂しげに池の水面《みなも》をぼんやりと眺めている。サックスを吹いている青年も、どこか孤独そうに見えた。日中のせいか、若いカップルたちの姿は疎《まば》らだった。

土門は人間観察を愉しみながら、時間を遣《や》り過ごした。

約束の時刻の十分前に太刀川が現われた。柄物のセーターを着ていた。下は黒いチノクロスパンツだった。太刀川は橋の上に立ち、めまぐるしく視線を泳がせた。わざと土門はベンチから立ち上がらなかった。

二時十分を過ぎると、太刀川はスラックスのポケットからスマートフォンを取り出して誰かに連絡を取った。

公園のどこかに荒っぽい人間か、狙撃手がいるにちがいない。

土門はそう思いながら、ゆっくりとベンチから腰を浮かせた。注意を払いつつ、橋に近づく。もう太刀川はスマートフォンを耳に当てていなかった。

「大阪から来た者や」

土門は言って、橋の中央まで進んだ。

太刀川が数歩後《あと》ずさり、急に体を反転させた。次の瞬間、土門の背後で重い銃声が轟《とどろ》いた。

土門は反射的に身を伏せた。振り向く。

頭の上を銃弾が駆け抜けていった。衝撃波で、髪の毛が揺れた。

橋の袂《たもと》に拳銃を両手で保持した男が立っていた。顔はフランケンシュタインのゴムマスクで隠されている。

長身だった。体つきから察して、二十代の後半だろう。

土門は体の向きを変え、目を凝《こ》らした。

男が握っている自動拳銃は、ブローニング・アームズBMOだった。袋掛《バギング》けはされていない。首藤を射殺した犯人とは別人なのか。

「撃てや」

土門は挑発した。

すると、ゴムマスクを被った男が一気に引き金を絞《しぼ》った。

土門は顔面を伏せた。放たれた弾《たま》は、欄干《らんかん》にめり込んだ。土門は起き上がった。

二発ぶっ放した男の姿は消えていた。おそろしく逃げ足が速《はや》い。犯罪のプロであることは間違いないだろう。

面が割れてしまった。スキャンダル・ハンターの沙里奈に張り込みをやってもらおう。土門は懐《ふところ》からスマートフォンを取り出した。

2

夕闇《ゆうやみ》が一段と濃くなった。

間もなく午後六時になる。土門は、教団本部の裏通りに停めたボルボの中にいた。

沙里奈は教団本部の前の通りで張り込み中だ。対象人物の太刀川が外出したら、すぐに連絡してくれることになっていた。

しかし、コンソールボックスの中に置いてあるスマートフォンの着信ランプはいっこうに瞬《またた》かない。太刀川はどこにも出かけないのか。

土門は溜息《ためいき》をついた。

ちょうどそのとき、スマートフォンが鳴った。土門は素早くスマートフォンを手に取った。発信者は黒須弁護士だった。

「日沼殺しの犯人と名乗り出た豊雅之って元信者が五時過ぎに死んだぞ」

「死んだ⁉」

「ああ。赤坂署の留置場でね」

「厳しい取り調べに耐えられなくなって、首を吊《つ》ったんだろうか」

「そうじゃない。毒殺されたんだよ」

「毒殺ですか？」

土門は問い返した。

「ああ、そうだ。豊は自費で仕出し弁当屋から夕食を出前してもらったんだが、和食弁当の蒲鉾《かまぼこ》の中に青酸化合物が混入されてた。数十秒、喉を掻き毟《むし》ってたそうだが、そのまま絶命したって話だったよ」

「教団主の太刀川が身替り犯の豊を葬ったんでしょう。むろん、彼が直《じか》に手を汚すわけない。実行犯は首藤や日沼を始末した殺し屋《プロ》なんだろうな」

「土門ちゃん、ずいぶん確信に満ちた口ぶりじゃないか。何か裏付《ウラ》けを取ったんだ？」

黒須が言った。

土門は、井の頭公園で撃ち殺されそうになったことを伝えた。さらに、スキャンダル・ハンターの沙里奈に張り込みを頼んだことも話した。

「太刀川直哉がわざわざ井の頭公園で土門ちゃんと会う気になったのは、後ろめたいことをしてるからだろう」

「それは間違いないと思うな。太刀川は、〝ヤーバー〟を信者たちに与えてるだけじゃないんでしょう。奴は首藤と日沼の事件に深く関与してますね。だから、殺し屋におれを始末させようとしたんでしょう」

「その疑いは一層、強まってきたな。実はうちの事務所の調査員に太刀川の女性関係をちょっと探らせてみたんだが、やっぱり愛人がいたよ」

「どんな女なんです？」

「浅見千絵《あさみちえ》という二十四歳の美人らしい。その彼女の父方の叔父は、例のODAのピンハネ問題で東京地検特捜部にこってり油を搾《しぼ》られた国会議員の稲田善好《いなだぜんこう》の公設第一秘書をやってるんだ」

「確か稲田は、ピンハネ事件では起訴を免《まぬか》れたんでしたね？」

「そう。タイやカンボジアの政府高官たちがODAの一部をピンハネされた事実はないと口裏を合わせたんで、稲田も太刀川も不起訴処分になったんだ。しかし、マスコミが稲田と太刀川を灰色だと報じつづけた。外務省は太刀川に詰め腹を切らせたわけだ。稲田代議士は潔白だと主張しつづけて、結局、議員バッジは外さなかった」

「そうでしたね。しかし、稲田は先月、別の収賄《しゅうわい》容疑で逮捕され、現在、東京拘置所にいる」

「そうだね。稲田の公設第一秘書の姪っ子は、成城《せいじょう》の高級マンションに住んでるそうだ」

「マンションの名は？」

「えーと、『成城パレドール』だったな。部屋は八〇一号だ。そこの家賃は四十何万円らしいんだが、毎月、教団本部が払ってるそうだよ」

「太刀川はてめえの金ではなく、教団の銭で愛人を囲ってやがるのか。どうせ家賃だけじゃなく、お手当も『幸せの雫』の経費で落としてるでしょう」

「だろうね。順番が逆になってしまったが、実は太刀川には妻がいるんだよ。しかし、二年前から別居してる。妻の名は美加《みか》で、四十歳らしい。美加は、北陸地方の名士のひとり娘だそうだ。だから、太刀川は離婚するのは損だと考えてるんだろう」

「別居中の妻は、どこに住んでるんです？」

「鎌倉だよ。お手伝いさんと二人で暮らしてるようだ。太刀川が女房を訪ねてる様子はないという報告だったな」

「夫婦仲がそこまで冷めてるんだったら、さっさと別れりゃいいのに」

「どちらも世間体《せけんてい》を気にしてるんだろう」

「ええ、そうなんでしょうね」

「また話は飛ぶが、調査員の話によると、浅見千絵という愛人の住まいは教団幹部たちが出入りしてるらしいんだよ。まさか乱交パーティーをやってるんじゃないだろうが、なんとなく引っかからないかね」

　黒須が言った。

「引っかかるな。そいつらは教団の職員なんですか？」

「いや、そうじゃないらしい。シンクタンクの研究員、政治学者、法律家といった連中だそうだ」

「太刀川は知性派ブレーンを集めて、何か野望を膨《ふく》らませてるんじゃないだろうか」

「そうなんだろうね。太刀川は稲田と親しくしてたわけだから、いずれは政界に転じたいと思ってたのかもしれないぞ」

「ええ、考えられますね。しかし、外務省を懲戒《ちょうかい》免職になったわけだから、政治家にはなれない。とても票は集められないでしょ？」

「そうだろうね。しかし、野望家が親から引き継《つ》いだ仕事だけで満足できるとは思えない。おそらく太刀川は、何かやらかすつもりでいるんだろうな」

「おれも、そう思います」

土門は相槌《あいづち》を打った。

「日沼の車のトランクの中には、『ハピネス』の未公開株が五万株入ってたんだったな」

「ええ。黒さんは、どんな推測をしたんです？」

「その五万株は、首藤に強引に引き取らされたんだろうか」

「太刀川自身が『ハピネス』に投資してたんじゃないかってことですね」

「そういう可能性も否定はできないが、もしかしたら、中京会の山西理事を背後で動かしてたのは太刀川なのかもしれないと思ったんだよ」

「太刀川は政治家への途《みち》を自ら閉ざしてしまったんで、裏経済界の帝王になりたいと考えはじめたんじゃないかって読み筋なんでしょ？」

「そう。何か根拠があるわけじゃないが、まるでリアリティーがない話じゃないだろう？」

「リアリティーはありますよ。太刀川は、裏社会の顔役たちと親交を深めてるわけですからね。もう一度、山西の交友関係を洗い直してみるか」

「土門ちゃん、それはうちの事務所の調査員にやらせよう」

「いいんですか？」

「別に土門ちゃんのためじゃないんだ。こっちも他人《ひと》の悪事を嗅《か》ぎつければ、弁護報酬をがっぽり稼げるわけだからさ」

「そういうことだったのか」

「金は幾らあっても、腐りはしない。それじゃ、そういうことで！」

黒須が先に電話を切った。

土門はスマートフォンを耳から離した。次の瞬間、着信音が響いた。沙里奈からの電話だった。

「いま、教団本部から黒いレクサスが出てきたわ。太刀川自身がハンドルを握ってる。

車内には、ほかには誰も乗ってないわ」

「ひとりなら、女のとこに行くのかもしれないな」

土門は、黒須から聞いた話を手短に伝えた。

「その浅見千絵の自宅マンションに行くとしたら、太刀川を締め上げるチャンスなんじゃない？」

「そうだな。とにかく、レクサスを尾行してくれ。おれも教団本部の前に回り込んで、おまえさんの車を追っかけるよ」

「了解！」

沙里奈が通話を切り上げた。

土門はボルボを発進させ、教団本部前の道に回り込んだ。五、六十メートル前方をプジョーが走っている。沙里奈の車だ。

太刀川のレクサスは見えない。沙里奈は用心して、たっぷりと車間距離を取っているのだろう。

レクサスは三十数分走り、新宿西口にある超高層ホテルの地下駐車場に潜《もぐ》った。プジョーにつづいて、土門もボルボごと地下駐車場に入った。

太刀川がレクサスを降り、エレベーターホールに向かった。

沙里奈がプジョーから出て、小走りに太刀川を追った。二人がエレベーターに乗り込んでから、土門はボルボを降りた。階段を利用して、一階のロビーに上がった。フロント近くのソファに腰かけ、沙里奈からの連絡を待つ。五分ほど待つと、スキャンダル・ハンターから電話がかかってきた。

「対象者《マルタイ》は三十一階の展望レストランに入っていったわ。予約したと思われるテーブルには、二十四、五歳の美女が坐《すわ》ってた。いま二人は何かにこやかに話してるわ」

「先に店に入ってたのは、愛人の浅見千絵かもしれねえな」

「多分、そうなんでしょうね。どうする？」

「これからエレベーターで三十一階に上がるよ。おまえさんは展望レストランの前で待っててくれ」

土門は電話を切ると、エレベーターホールに急いだ。

三十一階直行の函《ケージ》に乗る。カップルばかりだった。やがて、目的の階に着いた。

展望レストランの出入口近くに、沙里奈がたたずんでいた。土門は沙里奈に歩み寄り、太刀川のいる席の位置とフロアの広さを教えてもらった。

「そんなに広いんだったら、太刀川に気づかれないだろう。おれたちも何か喰《く》おう」

「こないだお金を借りたから、わたしが奢《おご》るわよ」

「女に奢られるほど貧乏してないって」

二人は肩を並べて店内に入った。

土門は奥のテーブルに目をやった。太刀川と向かい合ってワインを傾けているのは、首藤の娘になりすました例の美女だった。

土門たちは中ほどの席についた。土門は太刀川と美しい女に背を向ける位置に坐った。

「太刀川の連れに見覚えは？」

沙里奈が小声で問いかけてきた。

「あるよ。首藤の娘と称して、おれに犯人捜しをしてくれって言った女だ。彼女が浅見千絵なんだろう」

「なぜ、太刀川は愛人にそんなことをさせたのかしら？」

「偽装工作だったんだろう。あの女は首藤の娘だとはっきり言って、父親がおれ宛《あて》にパソコンで打った手紙を見せた。それには、神戸の最大勢力が関東やくざの御三家の縄張りを荒らしはじめてると記述されてた」

「つまり、首藤は川口組の息のかかった者に殺害されたと思わせたかったわけね？」

「そうにちがいないよ。暴力団係《マルボウ》刑事のおれに、そういう偽手紙を渡しておけば、捜査当局の目を逸《そ》らせると考えたんだろうな」

「いわゆるミスリードってやつね」

「そうだと思うよ。犯行動機がまだはっきりしないが、太刀川は首藤殺しに関与してるな。そして、おそらく教団幹部だった日沼功と身替り犯の豊雅之を誰かに始末させたんだろう」

土門は言って、やや上体を反《そ》らせた。ウェイターが注文を取りに来たからだ。

土門は沙里奈にフィレステーキを勧めたが、彼女は安いシーフードリゾットを選んだ。自分だけステーキを食べるわけにはいかない。土門も同じものをオーダーした。

「太刀川たちはコース料理を予約してあったんじゃない？」

「ああ、多分な。ゆったりと食事をして、そのあとデラックススウィートで濃厚な情事に耽《ふけ》るつもりなんだろう」

「そうなのかな。部屋を取ってるかどうかわからないけど、あの二人、二時間ぐらいはこのレストランにいそうね」

「軽く飲むかい？　それとも、大急ぎでシーフードリゾットを搔《か》っ込んで、おれたちもベッドで愛し合うか。そうすりゃ、おまえさんに異性愛のほうがずっと楽しいことを教えてやれる」

「ご遠慮申し上げます。人生のパートナーは、麻衣ひとりと決めてるから」

「無理をしてるんじゃないのか」

「ううん。わたしには、麻衣と過ごすほうが自然なのよ。とっても心安らぐし、ときめきも感じるの。愛の形は、いろいろあってもいいんじゃない？」

「別に同性愛に偏見を持ってるわけじゃないが、いい女が男には見向きもしないのは、なんか悔《くや》しいな。一度だけでいいから、お手合わせ願いたいね。お手合わせじゃなく、股合わせか」

「こら、こら！　どさくさに紛《まぎ》れて、レディーの前ではしたないことを言わないのっ」

沙里奈が土門を甘く睨《にら》んだ。ぞくりとするほど色っぽかった。

十分ほど待つと、シーフードリゾットが届けられた。できるだけゆっくりと食べたが、それでも十分とかからなかった。

土門は二人分のコーヒーを追加注文した。

コーヒーを飲みながら、雑談を交わす。一時間が過ぎても、太刀川たち二人はメインディッシュにナイフを入れていた。

「レストランの外で待つか」

土門は小声で言った。

「そうね。二人がホテルの一室に引きこもったら、土門さんは部屋に押し入る気なの？」

「ああ、ホテルマンを装ってな。スプリンクラーの調子がおかしいから点検させてくれって言えば、ドアを開けるだろう」

「ええ、多分ね」

沙里奈が短く応じた。

　土門は、万能鍵を持っていることを沙里奈にも黒須にも教えていなかった。敵を欺《あざむ》く前に、まず味方を欺く。昔からの兵法である。

「二人がレクサスに乗り込んだら、さっきと同じようにおまえさんが先に追尾《ついび》してくれ。おれはプジョーの尻《けつ》にくっついていくよ」

「わかったわ」

　沙里奈が大きくうなずいた。

　それから間もなく、二人は展望レストランを出た。もちろん、土門が勘定を支払った。店の外で四十分ほど待つと、ようやく太刀川と女が現われた。

　土門は額に手を当て、少しうつむいた。

「二人は一緒にエレベーターに乗るようよ。下降ボタンが灯《とも》ってるわ。このホテルに部屋は取ってないんじゃない？」

「そうみたいだな」

「わたし、先に二人と同じエレベーターに乗るわ。そして、後で土門さんに連絡するわよ」

　沙里奈が土門の耳許《みみもと》で囁《ささや》き、さりげなくエレベーターホールに足を向けた。彼女が立ち止まったとき、函《ケージ》の扉が開いた。

　太刀川と女が先にエレベーターに乗り込み、それに沙里奈がつづいた。

函《ケージ》の扉が閉まった。土門は各階停まりの函に飛び乗った。七階のあたりまで下ったとき、沙里奈から連絡があった。

「いま、地下駐車場よ。例の二人はレクサスに乗り込みかけてる。彼女のマンションに行くんじゃない？」

「そうなのかもしれねえな。さっき言った方法で尾行しよう。もし女だけが自宅マンションの前で降りたら、おまえさんは太刀川の車を追ってくれ。おれは女に迫る」

「了解しました」

「よろしく！」

土門は懐にスマートフォンを戻した。

地下駐車場に降りると、レクサスがスロープを登りかけていた。プジョーは走路を進んでいる。土門はボルボに駆け寄り、大急ぎで発進させた。

前を走るレクサスは二十分ほど走り、『成城パレドール』の表玄関の前で停止した。プジョーが高級マンションの少し手前の暗がりに寄った。

土門はプジョーの二十メートルほど後方にボルボを停めた。

レクサスの助手席から、首藤の娘になりすました美女が降りた。太刀川がレクサスを滑《なめ》らかに走らせはじめた。

沙里奈がプジョーごと地下駐車場に潜《もぐ》った。

表玄関はオートロック・システムになっているだろう。防犯カメラも何台かありそうだ。ここは無理をしないで、非常階段で八階の踊り場まで上がって非常口から忍び込むべきだろう。

土門はボルボのヘッドライトを消し、手早くエンジンも切った。

3

風が強い。

チノクロスパンツの裾《すそ》がはたはたと鳴っている。土門は『成城パレドール』の非常階段を昇っていた。すでに五階まで上がり、六階をめざしていた。

遠くに光の塊《かたまり》が見える。新宿の灯火だ。どこか幻想的だった。

やがて、八階の踊り場に達した。土門は万能鍵を使って、苦もなく非常口のロックを解除した。マンションの内部に侵入し、八〇一号室に近づく。浅見という姓だけの表札が掲《かか》げられている。

土門は左右をうかがってから、鍵穴に万能鍵を挿《さ》し込んだ。

シリンダー錠はたやすく外せた。だが、チェーンが掛かっていた。ドアの隙間《すきま》から手を突っ込んでみたが、指先が思うように動いてくれない。

別の方法で部屋に押し入ろう。

土門はドアを静かに閉め、万能鍵できちんと施錠した。それから彼はラークを三本くわえ、すぐに火を点《つ》けた。

紫煙をくゆらせている三本の煙草を八〇一号室のドアの前に置き、インターフォンを鳴らす。ややあって、若い女の声がスピーカーから流れてきた。

「どなたでしょう？」

「同じ階に住んでる者です」

土門は声色を使った。

「何か？」

「おたくのドアの前に小さな箱が置かれ、中から煙が出てますよ。消火器、あります？」

「ええ」

「すぐに持ってきてください。わたしが消してあげましょう」

「は、はい。いま、持っていきます」

スピーカーが沈黙した。

土門はドア・スコープの死角に移り、息を詰めた。ドアの向こうでスリッパの音が響き、チェーンが外された。

部屋の主はドア・スコープに目を当てたにちがいない。立ち昇る煙は、もう見ただろう。土門は燃えくすぶっている三本の煙草の火を踏み消し、ドアの横の壁にへばりついた。

ドアが開けられた。土門は室内に躍《おど》り込み、後ろ手にシリンダー錠を倒した。

「あっ、あなたは⁉」

首藤の娘になりすました美女が驚き、反射的に後ずさった。真珠色のガウン姿だった。消火器が足許に置かれた。

「そっちの本名は浅見千絵だなっ」

「どうして、わたしの本名がわかったの⁉」

「太刀川の女性関係を洗ったら、そっちが浮かび上がってきたのさ。首藤の娘だって？　ふざけるな！　刑事を騙《だま》そうとしたんだから、たいした女だよ」

土門は靴を脱いで、玄関マットの上に立った。

千絵が悲鳴をあげて、奥に逃げた。土門はリビングルームで千絵を取り押さえた。

間取りは２ＬＤＫだった。居間の左側に八畳の和室があり、右手には十二畳ほどの洋室があった。半開きのドアからダブルベッドが覗いている。

「手を放してよ」

千絵が全身でもがき、コーヒーテーブルの上からクリスタルの灰皿を掴み上げた。

土門は、千絵の片腕を膝頭《ひざがしら》で蹴《け》り上げた。灰皿がフローリングの床に落ち、鈍い音をたてた。

土門は千絵を寝室に連れ込み、ガウンを乱暴に剝《は》いだ。水色のナイティーとパンティーも脱がせる。パンティーは真珠色だった。

「また、わたしをレイプする気なのねっ。刑事がそんなことをしてもいいの！」

「おれは悪党刑事《デカ》だからな。ベッドに横たわれ」

「冗談じゃないわ」

千絵が目を吊《つ》り上げた。

土門はバックハンドで千絵の頰を殴りつけた。湿った毛布を棒で叩《たた》いたような音がした。千絵がダブルベッドに倒れ込む。

土門は、床からパンティーとナイティーを摑み上げた。千絵の口の中に丸めたパンティーを突っ込み、ナイティーで猿轡《さるぐつわ》をかませる。

千絵の眼球が恐怖で盛り上がった。逃げる素振りも見せた。

土門は千絵の鳩尾《みぞおち》に肘《ひじ》打ちを見舞ってから、彼女を肩に担《かつ》ぎ上げた。

千絵は体を二つに折って、土門の腰に顔を寄せる形になった。

土門は千絵を左肩に担いだまま、寝室のサッシ戸を大きく開け放った。夜気《やき》は固く粒《つぶ》立《だ》っていた。

千絵が手脚《てあし》をばたつかせながら、何か言った。くぐもった声は、よく聞こえなかった。土門はベランダに出ると、手摺《てすり》に千絵の腹部を引っ掛けた。両足首を強く摑み、千絵を逆《さか》さまに吊り下げた。千絵の体が恐怖で震えはじめた。

土門は千絵の裸身を時計の振り子のように揺さぶった。

下になった頭髪が柳のようにゆらゆらと風にそよぐ。垂れた両腕は、ぶらぶらと揺れた。

土門は、ひとしきり千絵の体を左右に振った。遠心力で自分の体が幾度も浮きそうになった。千絵の体重は五十キロ前後だろう。それでも両腕だけでぶら下げていると、かなり重い。

土門は両腕に痺《しび》れを感じはじめた。

ここまでやれば、もう観念するだろう。土門は千絵を徐々に引っ張り上げ、また左肩に担いだ。寝室に戻り、サッシ戸を閉めてカーテンを滑らせる。

千絵はぐったりとしていた。まだ体の震えは収まっていない。

土門は千絵をベッドに仰向《あおむ》けに寝かせ、猿轡をほどいた。千絵が自分で口の中のパンティーを抓《つま》み出し、長く息を吐いた。

「まだ頑張る気なら、今度はベランダから地上に投げ落とすぞ」

土門は威《おど》した。

「あなたの言った通りよ。太刀川さんに頼まれて、わたし、首藤という男の娘になりすましたの」

「偽手紙は太刀川自身がパソコンで打ったんだなっ」

「そうなんだと思うわ」

「太刀川は、首藤に何か弱みを摑まれたんだろう？　だから、奴は首藤を誰かに始末させなければならなくなった。そうだなっ」

「そのあたりのことは、知らないの。太刀川さんが首藤という男に強請《ゆす》られてるような気配は感じ取れたけど」

「太刀川は首藤だけじゃなく、教団幹部の日沼功と元信者の豊雅之も殺し屋《プロ》に片づけさせたにちがいない」

「わたし、本当に何も知らないのよ」

「太刀川は、名古屋の山西組の組長とつき合いがあるんじゃないのか？」

「さあ、どうなのかしら？　彼の口から、そういう名前は一度も聞いたことないけど」

「そうか。ここに時々、シンクタンクの研究員、政治学者、法律家といった連中が集まってるな」

「どうしてそんなことまで知ってるの⁉」

「おれは刑事だぜ。調べることが仕事なんだ。そういうインテリたちは、いわば太刀川の側近なんだろ？」

「わたし、教団のことはほとんど何も知らないの。わたしは、太刀川さんの愛人に過ぎないから」

千絵は少し寂しげに言った。

「側近たちの名前ぐらいは知ってるだろうがっ」

「ここに集まってくる人たちの顔は知ってるけど、名前までは知らないの。太刀川さんに会議がはじまる前に外出するように言われてたんで、みんなにコーヒーを出したら、わたしはいつも部屋を出るようにしてたのよ。だから、会議の内容も何も知らないの」

「そっちの叔父は、民自党の稲田善好の公設第一秘書をやってるな？」

「ええ。叔父の浅見司郎《しろう》は、大学生のころから稲田先生の書生みたいなことをしてたの」

「太刀川は二代目教団主になってからも、稲田と親交を重ねてるんだろ？」

「そうだと思うわ。太刀川さんは稲田先生主催のゴルフコンペには必ず出てたし、海外旅行も一緒にしてた」

「太刀川は東京拘置所に面会に行ってるのか？」

「彼自身は稲田先生と直《じか》に会ってないけど、叔父に差し入れの品を渡したり、伝言を頼んでるみたいよ」

「太刀川は稲田とつるんで、何か危《ヤバ》いことをやってるんだろう」

土門は言って、自分のスマートフォンを千絵に投げた。千絵が両手でうまくキャッチした。

「パトロンに電話をかけて、おれの人質になったことを伝えろ」

土門は低く命じた。千絵は少しためらいを見せたが、命令には逆《さか》らわなかった。

通話の途中で、土門は千絵の手からスマートフォンを奪い取った。太刀川が先に口を開いた。

「刑事がそんなことをやってもいいのかっ。そんなことは赦《ゆる》されないぞ」

「正義漢ぶるなって。あんたは、おれよりもずっとダーティーなことをやってるんじゃないか。え？」

「きみは、わたしを侮辱する気なのかっ。わたしと大学で同期だった者が何人も警視庁や警察庁にいる。もちろん、全員が有資格者《キャリア》だ」

「それがなんだって言うんだい？」

「わたしを侮辱しつづける気なら、きみを職場にいられなくしてやる！」

「できるものなら、やってみな。こっちは十人以上の警察官僚の急所を握ってるんだ」

「平《ひら》の刑事が大物ぶるな」

「確かに、おれは平の刑事《デカ》だ。しかしな、おれがキレちまったら、いまの首脳陣は総入れ替えになるだろう。おれがただのはったり屋だと思うんなら、平岡副総監に電話をしてみるんだな。警視総監におれのことを訊《き》いたってかまわない」

「………」

「急に日本語を忘れちまったのかな」

「きみの要求を聞こうじゃないか」

「態度がでけえな。千絵を囲ってることを別居中の女房に教えてやるか。あんたの女房は、北陸地方の名士の娘なんだってな？　離婚しないのは、女房の実家の財産を狙《ねら》ってるからじゃねえのかっ」

「わたしは『幸せの雫』の教団主なんだぞ。妻の実家よりも、はるかに資産は多い。おかしなことを言うな」

「だったら、美加って奥さんに浅見千絵のことを喋ってもいいんだな」

　土門は言った。

「それは、ちょっと……」

「なんで口ごもるんだよ」

「わたしには妻も必要だし、千絵も必要な女なんだ」

「欲の深い男だ。愛人が大事なら、これから『成城パレドール』に来い！」

「わかった。三十分、いや、四十分以内にはいけるよ」

太刀川が言った。土門は腕時計を見た。十時半だった。

「十一時十分までに来なかったら、鎌倉で暮らしてる女房に千絵のことを教えるぞ」

「きみは妻の住まいまで調べ上げてたのか⁉」

「当然だろうが。おれは、あんたの罠に嵌《は》められたんだ。それ相応の仕返しはさせてもらわないとな」

「きみは何か誤解してるようだね」

「往生際が悪いぜ。あんたの愛人は首藤の娘になりすましたこと、それから偽手紙のことも白状したんだ」

「千絵は恐怖心に負けて、とっさに思いついた言い逃《のが》れを口にしたんだろう」

「汚《きたね》え野郎だ。こっちに来たら、じっくり取り調べてやらあ」

「一つ確認しておきたいんだが、千絵に淫《みだ》らなことは？」

「してねえよ。王女さまのように扱ってらあ」

「ほんとなのか？」

「ああ」

「千絵とはだいぶ年齢《とし》が離れてるが、大切な女なんだ。必ず彼女の部屋に行くから、彼女に危害を加えないでくれ」

「わかってらあ。あんた、八〇一号室の合鍵は持ってるな？」

「ああ、持ってる。できるだけ早く千絵の部屋に行くよ」

太刀川が通話を切り上げた。

土門は私物のスマートフォンを内ポケットに仕舞《しま》うと、千絵に顔を向けた。

「ぼんやり待ってても退屈だな」

「な、何を考えてるの⁉」

「ベッドを降りて、おれの前にひざまずくんだ」

「えっ」

「言われた通りにしないと、また逆さ吊りにするぞ」

「あんなことは二度としないで」

千絵が早口で言い、ベッドから離れた。そのまま土門の前で両膝を落とし、スラックスのファスナーを引き下ろした。

「察しがいいじゃねえか」

土門は性器を摑み出した。まだ萎《な》えた状態だった。

千絵が根元を握り込み、断続的に圧迫する。一分も経《た》たないうちに、土門のペニスは頭をもたげた。

千絵は亀頭《きとう》に唇を被せると、瞼《まぶた》を閉じた。

土門は卓抜な舌技に身を委《ゆだ》ねた。生温かい舌はねっとりと絡《から》みついたかと思うと、刷毛《はけ》のように動いた。また、張り出した部分を削《そ》いだりもした。太刀川にだいぶ仕込まれたようだ。

土門は両手で千絵の頭を押さえ、自ら腰を躍動させはじめた。

その直後、千絵が陰茎《いんけい》を嚙《か》んだ。うっかり歯を立ててしまったわけではない。意図的に嚙んだことは明白だった。

土門は痛みを堪《こら》えて、千絵を突き飛ばした。

仰向けに引っくり返った千絵は、すぐ這って逃げた。土門は追いかけ、千絵の腰を両腕で引き寄せた。

「やめてちょうだい。離れて!」

千絵が喚《わめ》いた。

土門はペニスを荒々しく突き入れた。

「抜いて、早く抜いて! や、やめてちょうだい!」

千絵が涙声で訴えた。

土門は黙殺し、律動を加えはじめた。自分に牙《きば》を剝《む》いた者には、とことん非情になれる。たとえ相手が女であっても、手加減はしない主義だった。

土門はワイルドに突いた。突きまくっているうちに、不意に爆《は》ぜた。

射精感は鋭かった。ペニスが嘶《いなな》くように幾度も頭をもたげた。土門は体を離すと、千絵を自分のほうに向き直らせた。

「おれの分身を清めてくれ」

「そんなことできないわ」

「やらなきゃ、蹴りまくることになるぞ。それでもいいのかっ」

「やればいいんでしょ、やれば！」

千絵が捨《す》て鉢《ばち》に言い、土門の性器を口に含んだ。

土門は頃合を計って、腰を引いた。近くにあるティッシュペーパーの箱から何枚か抜き取り、ペニスを拭《ぬぐ》った。

「体を洗わせて」

千絵が呟《つぶや》くように言って、ゆっくりと立ち上がった。それから彼女は、病《や》み上がりの老女のように摺足《すりあし》で寝室から出ていった。

土門は居間のリビングソファに腰かけ、千絵が浴室に入るのを見届けた。浴室には窓がありそうだったが、そこから脱出することは不可能だろう。

土門はゆったりと煙草を吹かした。

十分ほど過ぎると、千絵が浴室から出てきた。バスローブをまとっていた。

土門は、千絵を近くのソファに坐らせた。千絵は憎しみに燃える目を土門に向けてから、下を向いた。

土門は左手首のロレックスを見た。あと六分で、約束の十一時十分だ。

それから間もなく、玄関先で物音がした。ドア・ロックが外された。

土門は目顔《めがお》で促《うなが》し、千絵をリビングソファから立たせた。自分も立ち上がり、千絵の背後に回った。

「おれの弾除《たまよ》けになってもらう」

土門は千絵の肩を押しながら、玄関ホールに足を向けた。おそらく太刀川は、ゴムマスクで顔面を隠した殺し屋を差し向けたのだろう。

ドアが開けられた。予想に反して、当の太刀川が姿を見せた。

「奥でゆっくり取り調べをさせてもらう。早く上がれ！」

土門は言った。

太刀川が屈《かが》み込んで、靴の紐《ひも》を緩《ゆる》めた。ワークブーツではない。短靴なら、いちいち紐はほどかないのではないか。

土門は太刀川の行動を怪しんだ。

そのとき、太刀川が果実のような塊《かたまり》を中廊下に転がした。手榴弾《しゅりゅうだん》だった。土門は一瞬、怯《ひる》んだ。

「パパ、救《たす》けて！」

千絵が走りだした。太刀川は愛人に背を向け、慌ててドアの向こうに消えた。

「おい、戻れ！　戻るんだっ」

土門は千絵に大声で叫び、居間まで駆け戻った。

そのとき、手榴弾が炸裂《さくれつ》した。爆発音が轟き、橙色《だいだいいろ》の閃光《せんこう》が走った。千絵の体が天井近くまで舞い上がり、手脚がばらばらに千切れ飛んだ。

消火してる時間はない。

土門は煙幕を両手で振り払い、千絵の血みどろの死体を飛び越えた。

大急ぎで靴を履《は》き、八〇一号室を走り出る。太刀川の姿は掻き消えていた。隣室の入居者夫婦がこわごわ廊下の様子をうかがっている。

「八〇一号室の火を消すんだ。おれは警察の人間だよ。犯人を追うから、早く火を消してくれ」

土門は八〇二号室の入居者に声をかけ、エレベーターホールに向かった。

4

人影が近づいてきた。

『成城パレドール』を出たときだった。土門は足を止めた。歩み寄ってくるのは沙里奈だった。

「おまえさんがどうしてここにいるんだ?」

「太刀川を教団本部まで尾行した後、わたし、『幸せの雫』の近くで張り込んでたのよ。そうしたら、太刀川がまたレクサスで外出したんで、ここまで追ってきたの」

「そうだったのか」

「少し前に太刀川が慌てた様子でマンションから飛び出してきたけど、土門さん、あいつに撃たれそうになったの?」

「そうじゃないんだ」

土門は八〇一号室で起こったことをかいつまんで語った。

「太刀川は、愛人の千絵も土門さんと一緒に手榴弾で吹き飛ばす気だったのね」

「おそらく、そうだったんだろう」

「ひどい男だわ」

「そうだな。それより、太刀川はどっちに逃げた?」

「あっちよ」

沙里奈が左手の大通りを指さした。

「方向から察すると、まっすぐ吉祥寺に戻るつもりなんだろう」

「ええ、多分ね。土門さん、どうする?」

「おれは教団本部に行く。おまえさんは、もう帰ってもいいよ」

「教団本部に行っても、こんな夜更《よふ》けにもう太刀川は外出しないでしょう？　いったん土門さんも今夜の塒《ねぐら》に戻って、早朝から張り込んだら？」

「おれは太刀川を燻《いぶ》り出すつもりなんだよ」

「どうやって？」

「教団本部に忍び込んで、建物に火を放つ。たとえ小火《ぼや》でも、太刀川は自宅のある五階から階下《した》に降りてくるだろう。そうしたら、奴の首根っこを押さえてやる」

「本気なの⁉」

「ああ」

「無頼で、アナーキーね。とても現職の刑事だとは思えないわ」

「そういうことだから、ここで別れよう」

「わたしもつき合うわよ」

「本気なのか⁉」

「ええ。借りた二百万の金利代わりに、教団本部にガソリンを撒《ま》いてあげる」

「もし失敗踏《ドジ》んだら、厄介《やっかい》なことになるぞ」

「捕まったら、警視庁のキャリアたちの弱みを土門さんに教えてもらうわ」

「いい度胸してやがる」

土門は言った。

「わたし、心は男だから」

「いっそ性転換して、人口ペニスをぶら下げるか」

「セクシュアル・ハラスメントね」

沙里奈が軽く受け流した。

「冗談はともかく、おまえさんは帰れよ。おれひとりで、太刀川を燻《いぶ》り出す」

「ううん、つき合うわ。だって、金利分を体で払えなんて言われそうだから」

「強情だな。吉祥寺まで、おれが先に走ろう」

土門は言って、ボルボに歩み寄った。

エンジンをかけながら、前方の路肩のプジョーを見る。運転席のドア・ロックを解《と》こうとしている沙里奈に不審な男が近づいた。

土門は闇を透《す》かして見た。

怪しい男は、フランケンシュタインのゴムマスクで顔面を隠していた。右手に何か持っている。高圧電流銃《スタンガン》か、催涙スプレーの類《たぐい》だろう。沙里奈が危ない。

土門はボルボのドアを押し開けた。

そのとき、沙里奈が路上に頽《くずお》れた。ゴムマスクの男は沙里奈を横抱きにすると、近くに駐めてある白っぽいエルグランドの助手席に坐らせた。すぐに男は運転席に乗り込み、車を急発進させた。

「くそったれめ！」

土門はボルボのドアを急いで閉め、エルグランドを追跡しはじめた。

沙里奈を拉致《らち》したゴムマスクの男は、エルグランドを砧《きぬた》方面に走らせている。吉祥寺とは逆方向だ。

男は、自分をどこかに誘い込む気なのだろう。土門は、そう直感した。

沙里奈を巻き添えにしたまま、逃げ出すわけにはいかない。土門は見ず知らずの人間に対しては常にドライだが、気を許した仲間たちには冷淡になれない性分《しょうぶん》だった。

エルグランドは成城八丁目と七丁目を走り抜け、やがて砧公園の外周路に停まった。

ゴムマスクの男が先に降り、助手席から沙里奈を引きずり下ろした。

沙里奈は身を竦《すく》ませている。

男は拳銃か刃物で、彼女を威嚇《いかく》しているにちがいない。二人は園内に入っていった。

砧公園は広いが、中央部は芝が植えられている。そのため、見通しが利く。男は周辺部の樹木の中で、土門を待つ気なのだろう。

土門はボルボを降りると、そっと園内に入った。樹木が植わっているエリアを選びながら、中腰で横に動きはじめた。

だいぶ進んでも、ゴムマスクの男と沙里奈の姿は視界に入ってこない。まだ先の暗がりに潜《ひそ》んでいるのか。

土門は、さらに遊歩道を進んだ。

数百メートル歩いたとき、上着の内ポケットで私物のスマートフォンが鳴った。ディスプレイには、沙里奈の名が表示されていた。

「うまく逃げたんだな？」

土門は先に口を開いた。

一拍置いて、男の低い笑い声が響いてきた。鳩《はと》の鳴き声に似た笑いだった。

「てめえはフランケンシュタインのゴムマスクを被ってる野郎だなっ」

「そうだ。おまえの女友達は、おれの横で震えてるよ」

「どこにいるんだ？」

「野球場だよ。おれたちはピッチャーマウンドのあたりに立ってる」

「くそっ」

土門は毒づいた。

野球場には死角がない。身を隠しながら、接近することは不可能だ。

「おれはサイレンサー・ピストルを持ってる。おまえがこっちに来なかったら、連れの女は撃ち殺す」

「待ってろ、いま野球場に向かう」

「走って来い！」

相手が乱暴に電話を切った。

土門は丸腰だった。特殊警棒さえ携行していなかった。土門は手探りで石塊《いしくれ》を拾い集め、上着の両ポケット一杯に詰めた。

園樹の間を縫《ぬ》って、広場に出る。土門は広場を斜めに横切り、野球場まで駆けた。

ピッチャーマウンドに二つの影が見える。ゴムマスクの男と沙里奈だ。

「おれは逃げも隠れもしない。だから、連れは解放してやってくれ」

「そうはいかない。両手を挙げて、ゆっくりと歩いて来な」

「日本の警察は身内意識が強いんだ。おれを射殺したら、てめえは死刑にされるぞ」

「おまえが鼻抓《はなつま》み者だってことはわかってる。死んだら、上司や同僚は赤飯を炊くだろうよ」

「そこまで知ってるなら、てめえは警察官《サツカン》崩れの殺し屋《プロ》なんだなっ」

「おれの身許調査はやめてもらおう」

「連れには、なんの恨《うら》みもないはずだ。頼むから、自由にしてやってくれ」

「駄目だ、早くこっちに来い！」

ゴムマスクの男が焦《じ》れた。

土門は両手を高く掲《かか》げて、ゆっくりと歩きはじめた。星明かりで、あたりは思いのほか明るかった。この明るさだと、敵に石ころを投げつけるチャンスはないかもしれない。

「土門さん、こっちに来ないで！　来たら、撃ち殺されるわ」

突然、沙里奈が高く叫んだ。声は震えを帯びていた。

ゴムマスクの男が沙里奈の片腕をむんずと掴み、サイレンサー・ピストルの先端をこめかみに押し当てた。

マカロフPBだった。ロシア製の特殊拳銃で、消音器と銃身が一体化されている。

下手に敵を刺激しないほうがよさそうだ。土門は黙したまま、歩《ほ》を進めた。

間合《まあ》いが十五、六メートルに縮まると、男が止まれと命じた。土門は立ち止まった。

次の瞬間、足許に九ミリ弾が撃ち込まれた。

土埃《つちぼこり》が舞い上がった。風に乗って硝煙の臭《にお》いが漂ってくる。

「てめえが首藤、日沼、豊の三人を始末したんだなっ。参考までに殺しの報酬は総額でいくらになったんだ？」

土門は問いかけた。ゴムマスクの男は黙ったままだ。

「太刀川が雇い主だな？」

「さあね」

「てめえは、どうせおれを殺す気なんだろうが。口を割っても、別にどうってことはねえだろう！」

「おれは余計なことは喋らない」

「太刀川には、庇《かば》うだけの価値がないぜ。てめえも『幸せの雫』の信者なのか？」

「何も話す気はない。ただ、おまえをあっさり殺してもつまらないから、ちょっとした余興《よきょう》をやってもらおう」

「余興だと？」

　土門は問い返した。

「そうだ。おれの目の前で、連れの女をレイプしろ！」

「彼女は同性しか愛せねえんだ。だから、おれが強引に迫ったら、きっと舌を噛み千切るな」

「いいわよ、わたしは」

　沙里奈が口を挟《はさ》んだ。ゴムマスクの男が好色そうに笑い、沙里奈に話しかけた。

「たまには男も喰《く》いたくなったらしいな」

「そういうわけじゃないわ。これから殺される男に抱かれてもいいと思ったのは、一種の隣人愛よ」

「隣人愛か。面白いことを言う女だ。それじゃ、後ろから突っ込んでもらうんだな」

「わかったわよ」

　沙里奈がゴムマスクの男から離れ、土門に近づいてくる。

彼女が隣人愛から体を開く気になったとは思えない。自分に反撃のチャンスを与えてくれるつもりなのだろう。

土門は、そう察《さっ》した。沙里奈が立ち止まって、目顔で合図を送ってきた。土門は小さくうなずいた。

「素っ裸にならなくてもいいよ。別におれは、女のヌードを見たいわけじゃないからな」

ゴムマスクの男が沙里奈に言った。

沙里奈は無言でグラウンドに両膝を落とし、獣の姿勢をとった。土門は沙里奈の背後にひざまずき、黒革のミニスカートの裾を大きく捲《まく》り上げた。パンティーストッキングの下に、黒いレースのパンティーを穿《は》いていた。

土門は少し迷ったが、パンティーストッキングとパンティーを一緒に膝まで引き下ろした。

水蜜桃《すいみつとう》のような白い尻がなまめかしい。土門はヒップに軽くくちづけした。すると、沙里奈が腰を振った。拒絶のサインだろう。

はざまを指で探りかけると、沙里奈は内腿をすぼめた。

「ちょっとだけ触《さわ》らせてくれねえか」

土門は沙里奈の背に自分の胸を密着させ、耳のそばで言った。

「タッチしたら、絶交よ」

「残酷だぜ。こんな状態で、何もできないなんてさ」

「指を使ってる振りをして」

沙里奈は小声で言うと、悩ましげな声を零《こぼ》しはじめた。男の欲情をそそるような呻き声だ。

土門の下腹部は即座に反応した。

だが、ぐっと欲望を抑《おさ》えた。土門は分身を摑み出す真似をしながら、上着のポケットから石塊を二つ取り出した。

「早くわたしの中に入ってきて」

沙里奈がオーバーに喘ぎ、甘やかな声でせがんだ。むろん、芝居だった。

「おれも、もう待てねえ」

土門は大声で言い、ゴムマスクの男に目を向けた。

男が迂回《うかい》しながら、近づいてくる。結合部を覗きたくなったのだろう。サイレンサー・ピストルを握った右腕は下げられている。隙だらけだ。

土門は拳大の石を投げた。

石は、男の顎《あご》のあたりに当たった。すかさず土門は、二つ目の石ころを投げ放った。

しかし、わずかに的《まと》を外してしまった。

「逃げろ」

土門は叫んで、できるだけ沙里奈から離れた。ゴムマスクの男がマカロフPBを両手保持で構え、すぐさま引き金を絞った。土門は横に跳《と》んだ。

銃弾は数メートル横を疾駆《しっく》していった。

土門は上着のポケットから石塊を掴み出した。三投目は相手の右目に命中した。男が片手でゴムマスクを押さえ、また発砲してきた。放たれた九ミリ弾は、標的から大きく逸《そ》れていた。

土門は突進した。ゴムマスクの男に跳びかかり、そのまま押し倒す。土門はサイレンサー・ピストルを奪い、フランケンシュタインのゴムマスクを引き剝がした。

現われた顔には見覚えがなかった。三十歳前後で、頬がこけている。

土門は男の眉間《みけん》に消音器の先を押しつけた。

「名前から喋ってもらおうか」

「忘れたよ、自分の名を」

「正当防衛ってことで、てめえを撃ち殺すぞ」

「本気で撃つ気なのか⁉」

「もちろんだ！」

「何もかも喋るから、立ち上がらせてくれないか」

相手が言った。土門はマカロフPBを構えながら、先に身を起こした。

男が立ち上がって、衣服の泥をはたき落とした。その直後、男の体が横に吹っ飛んだ。

頭部に被弾していた。銃声は聞こえなかった。仲間がサイレンサー付きの狙撃銃でシュートしたにちがいない。

土門は視線を巡らせた。

動く人影はない。土門は撃たれた男に駆け寄り、右手首を取った。脈動は熄《や》んでいた。

土門は死んだ男のポケットをことごとく探った。

しかし、身分のわかる物は何も所持していなかった。沙里奈は三、四十メートル離れた場所に立っていた。おおかた身が竦《すく》み、動けないのだろう。

土門は足許の土を蹴り、沙里奈のいる場所に向かった。

第五章　幻の暗黒新地図

1

函《ケージ》が停《と》まった。

本部庁舎の六階だ。砧公園でゴムマスクの男が何者かに狙撃《そげき》された翌日の正午過ぎである。

土門はエレベーターを降りた。

すると、ホールに警察庁の城島監察官が待ち受けていた。表情が険《けわ》しい。

「昨夜のことで、いろいろ伺《うかが》いたいことがあります」

「どういうことなんだ？」

「組対四課の取調室をお借りすることになっています。そこで、事情聴取させてください」

「何がなんだかわからねえな。ちゃんと説明してくれ」

「土門警部補、空とぼけないでください。砧公園での一件ですよ」

「砧公園がなんだって言うんだ？」

土門は内心の狼狽《ろうばい》を隠して、努めて平静に問いかけた。

「きのうの晩、砧公園の野球場にいなかったとでも言うんですか」

「ああ。きのうの夜は、ホテルから一歩も出てない」

「そのあたりの話は、じっくりと伺います。さ、行きましょう」

城島が促《うなが》した。

ここで逃げたら、かえって怪しまれる。土門は素直に歩きだした。

組対四課の刑事部屋に入ると、戸張課長が足早に近寄ってきた。立ち止まるなり、課長は土門を詰《なじ》った。

「おい、きみはなんてことをしてくれたんだっ」

「何ですか、いきなり怒鳴ったりして」

「きみのわがままにはずっと目をつぶってきたが、もう我慢できない。物証が揃《そろ》ったら、地検に送致するぞ」

「戸張課長、後はわたしに任せてください」

城島がそう言い、土門を奥の取調室に導いた。

二人は机を挟んで向かい合った。城島が上着の内ポケットから、写真の束《たば》を取り出した。

十数葉《よう》のカラー写真が卓上に次々に並べられた。

土門は声をあげそうになった。自分がゴムマスクの男に跳《と》びかかり、マカロフPBを奪うまでの連続写真だった。相手に銃口を向けている写真もあった。

「合成写真を使って、おれに何か罪を被《かぶ》せるつもりなんだな」

「どれも合成写真ではありません。ちゃんとネガもありますよ。この連続写真は砧公園の近くに住むアマチュア写真家が撮ったものです、高感度フィルムを使ってね。その方は、野鳥の夜の行動をカメラで追ってたんですよ。たまたま野球場のそばを通りかかったら、人の争う声がしたんで、反射的にシャッターを押しつづけたんだそうです」

「そいつの名前と住所は？」

「それは教えられません。土門警部補、砧公園にいたことは認めますね？」

「わかった。それは認めよう。しかし、別におれは危《ヤバ》いことなんかしてないぜ。ジョギングしてたら、ゴムマスクを被った野郎がおれに拳銃を突きつけやがったんだ」

「それで？」

「そいつはおれを野球場に連れ込んで、変な要求をしやがった」

「変な要求？」

「ああ、そうだ。ゴムマスクの野郎はな、おれにひざまずいてシンボルをしゃぶれって言いやがったんだ」

土門は、嘘を澱《よど》みなく喋った。

「先をつづけてください」

「おれがきっぱりと断ると、野郎は蹴《け》りを入れてきた。で、おれは命懸《いのちが》けで組みついて、相手の武器を奪ったんだよ」

「その後、相手を撃ち殺したんでしょ？」

城島が言った。弱者を嬲《なぶ》るような口調だった。

「昨夜《ゆうべ》の男、殺されたのか⁉」

「土門警部補、下手な芝居はよしなさいよ。おたくが奪ったサイレンサー・ピストルで、相手の頭部を撃ち抜いたんですよね？　今朝《けさ》の司法解剖で、被害者の頭部に九ミリ弾が留《とど》まってたんです。ライフルマークから、凶器はロシア製のマカロフPBと判明しました。おたくが被害者から奪ったサイレンサー・ピストルも同型でした」

「おれは奪った拳銃なんか、まったく使ってない。ゴムマスクの男から遠ざかってから、公園のそばのドブ川に捨てて逃げたんだ」

土門は、もっともらしく言った。マカロフPBは、無断借用しているボルボのトランクルームに隠してあった。

「それなら、拳銃を捨てた場所を正確に教えてください」

「これじゃ、まるで被疑者《マルヒ》扱いじゃねえか。おれを取り調べたいんだったら、逮捕状を取ってからにしろっ」

「疚《やま》しさがあるから、喚《わめ》き散らすんですね」

「そうじゃない。おれは被疑者扱いされたことが不愉快なんだ」

「わたしは、ただの事情聴取をさせてもらってるだけですよ」

城島が歪《いびつ》な笑みを浮かべた。

「ふざけんな。だいたいおれが、なぜゴムマスクの男を殺さなきゃならねえんだっ」

「それは、おたくが悪徳刑事だからなんじゃありませんか。きのうの晩に射殺された男は恐喝屋だったんですよ」

「恐喝屋だったたって？」

「ええ、そうです。被害者《マルガイ》は二年前まで陸上自衛官だったんですが、現職中に制式拳銃のシグ・ザウエルP220を五挺《ちょう》盗み出して、ある暴力団に売ったんですよ。そのことが発覚して、懲戒《ちょうかい》免職になったんです。しかし、起訴はされてません」

「陸自が不祥事を表沙汰《おもてざた》にしたくなかったからだな？」

「ま、そういうことです。死んだ米倉幸治《よねくらこうじ》は免職後、恐喝で喰《く》ってたんです。これは推測なんですが、米倉は現職刑事のおたくが暴力団関係者と黒い関係にあることを知って、何か揺さぶりをかけたんでしょう。土門警部補、違いますか？」

「いちいち職階をつけるなと言っただろうが！」

土門は拳《こぶし》で机上を叩《たた》き、思わず城島の胸倉を摑《つか》んだ。

「そう興奮しないでください。わたしは、あなたを米倉殺しの犯人と極《き》めつけたわけじゃないんですから」

「疑ってるじゃねえかっ」

「土門警部補、手を引っ込めてください」

城島が薄笑いを浮かべながら、そう言った。土門は舌打ちして、手を放した。

「仮に土門警部補が昨夜の事件の犯人だとしても、地検送りにはならないかもしれません。殺された米倉はダニみたいな奴でしたからね。それに警察も内部の不始末を世間に知られたくない。警察の不祥事は残念ながら、いっこうに減りません。またマスコミに叩かれたら、一般市民は警察に不信感を募《つの》らせることになるでしょう」

「そうか、読めたぜ」

「なんのことなんです？」

「平岡副総監が動いたんだなっ」

「どういう意味なんです？」

城島が訊《き》いた。

「おれは本庁の偉いさんたちの弱みを握ってる。これ以上、おれを野放しにしておくと、けじめがつかなくなるよな。副総監はそう考え、警察庁《サッチョウ》の長官に泣きついた。で、おれを殺人犯に仕立てて、追放することにした。そういう筋書きなんだろうが！　前々からおれをマークしてた監察官殿も、溜飲《りゅういん》を下げることができるってわけだ。図星だよな？」

「くっくっく」

「何がおかしいんだっ」

「おっと失礼！　土門警部補があまり大物ぶるんで、つい笑ってしまったんです。おたくが首脳部のアキレス腱《けん》を切るなんてことは絶対にできません。有資格者《キャリア》たちの結束は、想像以上に固いんです。仲間の誰かの身分や地位が脅《おびや》かされるような事態になったら、ほかの全員が一丸《いちがん》となって闘うはずです。偉い方たちがその気になったら、おたくなどいっぺんに潰《つぶ》されるでしょう。月並な譬《たと》えですが、それこそ赤児《あかご》の手を捻《ひね》るようなものですよ」

「だったら、なぜ、このおれをぶっ潰さないんだっ」

「ほら、よく言うじゃありませんか。出来の悪い子ほど何とかとね。悪ガキでも、一応、おたくはファミリーの一員ですんで」

「冗談じゃねえ。これから一緒に十一階の副総監室に行こうや。平岡と対決してもいいぜ」

「少し冷静になってください。今回のことで、桜田門から何か要請があったわけじゃないんです。土門警部補を摘発したいという当方の思いが天に通じて、この証拠写真が手に入ったんですよ」

城島が言いながら、トランプカードのように並べた写真を掻《か》き集めた。

「その写真、本当はそっちが撮ったんじゃないのか？」

「何を言い出すんです⁉　これはアマチュア写真家が共通の知人を介して、警察庁に届けてくれたものです」

「話ができすぎてらあ」

「まだ疑ってるんですね」

「当たり前だろうがっ。撮影者の名前と住まいを教えてくれたら、監察官殿の話を信じてやるよ」

「そういうことはできません」

「なら、きょうから逆におれがそっちに影のようにつきまとってやる。そうすりゃ、実際にアマチュア写真家がいるのかどうかもはっきりとするだろうからな」

「好きなようにしてください。きょうは事情聴取ですが、そのうち必ずおたくを摘発しますからね」

「やれるかな？」

土門は挑発した。

城島が下唇を噛《か》んで、椅子《いす》から立ち上がった。そのまま憤然と取調室から出ていった。土門はラークに火を点《つ》けた。

半分ほど喫《す》ったとき、戸張課長が取調室に入ってきた。

「城島監察官に言いにくいことがあるんだったら、わたしに話してくれ。きみは一応、わたしの部下だからな」

「課長も、おれが米倉幸治とかいう恐喝屋を射殺したと思ってるわけですか」

「状況証拠は不利だよな。きみは殺された男に組みついて、サイレンサー・ピストルを奪い取った。そのときの連続写真を城島監察官に見せられたときは一瞬、自分の目を疑ったよ。凶器がマカロフPBと断定されたわけだから、いずれ所轄署から任意同行を求められるだろう」

「おれは米倉を殺《や》ってない」

「そのことを証明できる人間はいるのか？」

「それは……」

土門は言い澱んだ。

沙里奈は土門の目の前で、米倉が何者かに狙撃《そげき》されたのを目撃している。しかし、彼女に迷惑をかけるわけにはいかない。

沙里奈は時々、恐喝まがいのことをしている。そういう者に証人になってもらうわけにはいかない。目撃証言をしたら、沙里奈は刑事たちに私生活を暴《あば》かれる心配があった。

「どうして、口ごもるんだっ。やっぱり、きみが米倉という男を殺したのか？　そうなんだな」

「同じことを何度も言わせないでほしいな」

「だったら、正直に事実を話してくれ」

戸張課長が言った。

「城島警部に前夜のことはちゃんと話しました。同じ供述は繰り返したくないな」

「そんなふうだから、余計に疑われるんじゃないのか」

「もし警察内部の者がおれに濡衣《ぬれぎぬ》を着せようと画策したんだったら、ダイナマイトの導火線に火を点けますよ」

「おい、何を言ってるんだ⁉　はっきり言って、きみは目障《めざわ》りな存在だよ。だからといって、同じ仕事に携《たずさ》わってる人間がきみに殺人の罪を負わせようと細工したなんてことはあり得ない」

「しかし、おれが急所を握ってる偉いさんたちはびくびくしてるはずです。枕を高くして寝たいと思えば、なんとかおれを排除したいと考えるんじゃないの？」

土門は、短くなった煙草の火をアルミニウムの灰皿の底に捻りつけた。

「上層部の方々がその気になれば、とっくにきみを合法的に抹殺《まっさつ》することは可能だっただろう。だが、誰もそうはしなかった。なぜだと思うね？」

「スキャンダルを表沙汰にされることが怖かったからだろうな」

「それだけじゃない。どなたも警察官僚であることに自負を持ってるからさ。もちろん、法の番人であることも充分に弁《わきま》えている。だから、キャリアの方たちが土門君に殺人の罪を着せるなんてことは考えられない」

「そうかな」

「きみは何かを隠してる様子だが、気持ちの整理がついたら、真っ先にわたしに声をかけてくれ」

戸張がそう言い、取調室から出ていった。

数分経《た》ってから、土門は腰を上げた。取調室を出て、自席につく。

土門は机の上の警察電話を使って、成城署の刑事課に連絡をとる気になった。米倉幸治に関する情報を入手したかったのだが、すぐに思い留《とど》まった。

いま所轄署に問い合わせの電話をかけるのは得策ではないだろう。

すでに城島が例の連続写真を成城署の人間に見せたとも考えられる。そうだったとしたら、捜査の進み具合を探ったと受け取られてしまう。

土門は受話器をフックに戻し、椅子から立ち上がった。組対四課の刑事部屋を出て、エレベーターで地下二階の駐車場に降りる。

土門はボルボに乗り込み、黒須弁護士の事務所に向かった。五、六分で、虎ノ門に着いた。土門は車を裏通りに駐《と》め、黒須のオフィスに急いだ。ドアを開けると、秘書の小谷美帆がにこやかに迎えてくれた。

「いらっしゃい」

「黒さんは？」

「奥の所長室で公判記録を読んでます」

「それじゃ、ちょっとお邪魔するよ」

土門はドアを軽くノックして、所長室に入った。黒須が公判記録から顔を上げ、すぐに腰を上げた。

二人は応接ソファに坐《すわ》った。向かい合う形だった。土門は経過を話した。

「太刀川は相当、慌《あわ》てはじめてるな。愛人の千絵まで手榴弾《しゅりゅうだん》で吹っ飛ばしたわけだから。さらに、殺し屋まで誰かに狙撃させた。口を割りそうな人間を次々に始末してる感じだね」

黒須が言った。

「黒さん、元自衛官の米倉幸治の交友関係を調べてくれませんか。太刀川に米倉を紹介した人物を探り出したいんだ。おれ自身が調べてもいいんだが、きのうのことで成城署にマークされてるかもしれないんでね」

「いま土門ちゃんは派手に動かないほうがいいよ。米倉のことは、うちの調査員に調べさせよう」

「そうしてもらえると、とても助かります」

「それから少しの間、教団本部には近づかないほうがいいよ。いまや太刀川は手負いの獣みたいなもんだからね。不用意に近づいたら、危険だよ」

「吉祥寺から燻《いぶ》り出せなかったら、別居中の美加という女房を人質に取るつもりです」

土門は声を潜《ひそ》めた。

「太刀川は細君とうまくいってないようだから、その手はあまり……」

「美加は北陸地方の名士の娘だというから、離婚する気はないんだと思います」

「なら、太刀川を誘《おび》き出せるかもしれないな。それはそうと、ちょいと気になる情報が耳に入ったんだ」

「どんなことなんです？」

「拘置中の稲田善好が元首相を務めた民自党の元老たち三人に離党勧告されたらしいんだよ。稲田は任期いっぱい国会議員を全《まっと》うすると突っ撥《ぱ》ねたらしいんだが、いずれ離党に追い込まれるだろうね。三人の元老は〝老害〟などと陰口をたたかれてるが、その影響力はきわめて強い」

「そうですね。連中は長いこと、内閣を後ろでコントロールしてきたからな」

「稲田に関して、もう一つ噂《うわさ》があるんだ。彼は第三者経由で、極左セクト、極右団体、戦闘的な暴力団に活動資金を提供して、フィリピンの山中でゲリラ訓練をさせてるというんだよ。まだ裏付《ウラ》けをとったわけじゃないんだが、なんとなく気になってね」

「イデオロギーを超えて過激な奴らを集め、いったい何をやる気なんだろうか」

「この国で革命を起こすなんて無理だろう。しかし、国会を私物化してる政財界人や裏社会の顔役たちの暗殺は可能なんじゃないかね」

「それはできそうだな。稲田の目の上のたんこぶを排除して、この国の支配者になろうとしてるんでしょうか」

「わたしの妄想《もうそう》なのかもしれないが、稲田は二度も汚職の嫌疑をかけられたわけだから、もう王道は歩めない」

「そうですね。太刀川も外務省時代の過《あやま》ちは消しがたいから、政界に進出することは難しい。似た境遇の稲田と太刀川が手を組んで、裏社会の帝王になろうとしてるんだろうか」

「それ、考えられそうだな。土門ちゃん、太刀川が愛人のマンションにシンクタンクの研究員、政治学者、法律家といった連中を集めてたという話はしたよな？」

「ええ。太刀川は頭の切れる信者たちをブレーンにして、企業恐喝か何かやらせてたんじゃないのかな。そして、『幸せの雫《しずく》』に多額の寄附《きふ》をさせてたのかもしれませんよ」

「そうした金が稲田にいったん流れ、その後、第三者を介して極左セクト、極右団体、戦闘的な暴力団に渡ってたとなれば、二人は共謀してたってことになるんだがね」

黒須が腕を組んだ。

そのとき、美帆が二人分のコーヒーを運んできた。土門はラークをくわえた。美人秘書はすぐに下がった。

「東京国税局に親しくしてる査察官がいるから、教団の金の流れを探らせてもいいよ」

「宗教法人の査察はちゃんとした裏付けがないと、後々、面倒なことになるんじゃないですか?」

「うまくやってもらうさ」

「それじゃ、お願いするかな」

「わかった。それより土門ちゃん、昨夜のことで所轄署の刑事にうるさくまとわりつかれるようだったら、女ゴシップライターに証言してもらったほうがいいな」

「しかし、沙里奈も脛《すね》に傷を持ってる身だろうから、証人になってくれとは言いづらいんですよ」

「彼女が別件で逮捕されたら、わたしが弁護を引き受けてやるよ。検事や判事を買収してでも、勝訴してみせる」

「黒さんがそう言ってくれるんだったら、場合によっては沙里奈に救いを求めるか」

「そうしたほうがいいな」

黒須がコーヒーカップを持ち上げた。

土門も喫いさしの煙草の火を揉《も》み消し、コーヒーを口に運んだ。豆はブルーマウンテンだった。

2

前方で爆発音が轟《とどろ》いた。

次の瞬間、四、五台先を走行中の黒塗りのベンツが弾《はじ》けた。赤みを帯びたオレンジ色の炎が散り、黒っぽい油煙も立ち昇りはじめた。

前走の車が次々にタイヤを軋《きし》ませた。急ブレーキ音が重なった。

土門もボルボを急停止させた。

五日市《いつかいち》街道である。杉並区内だ。黒須の事務所を辞去した土門は、吉祥寺の教団本部に向かっていた。

ふたたび爆発音が聞こえた。

黒いベンツが油煙を吐《は》きながら、炎上しはじめた。あちこちでクラクションが交錯《こうさく》し、ドライバーたちの怒声が響いた。

爆発炎上したベンツには、時限爆破装置が仕掛けられていたのだろう。

土門はボルボを路肩《ろかた》に寄せ、すぐに外に出た。

車道の端を走り、爆破された黒いベンツに近寄る。すっぽりと炎に包まれたベンツから少し離れた路面に、見覚えのある男が倒れていた。

土門は相手の顔をよく見た。警視庁警備部のＳ　Ｐ《セキュリティーポリス》だった。三十二、三歳だ。

土門は、首から下に大火傷を負ったＳＰに駆け寄った。

「何があったんだ？　おれは組対四課の者だよ」

「大利根公明《おおとねこうめい》先生はどこにいる？　早く先生を救急病院に……」

ＳＰが呻《うめ》きながら、声を絞《しぼ》り出した。

大利根公明は元首相で、現政権の陰の支配者だ。九十六歳だが、矍鑠《かくしゃく》としている。

土門は燃えくすぶっているベンツに目をやった。車内には、三つの人影があった。

いずれも黒焦《くろこ》げになりかけていた。

土門は、そのことをＳＰに教えた。

「な、なんてことなんだ。正午前には大手町《おおてまち》の全経団連ビルに爆破物が仕掛けられ、大物財界人が三人も命を落とした。おそらくＶＩＰの連続暗殺事件なんだろう」

「もう喋らないほうがいい」

「SPは、わたしだけしかベンツに同乗していなかったんだ。なのに、爆風で車の外に投げ出されてしまって、大利根先生を護り抜けなかった。くそーっ」

SPは呻きながら、悔《くや》し涙を流しはじめた。

ちょうどそのとき、パトカーと救急車のサイレンが耳に届いた。

「もう大丈夫だ」

土門はSPに言って、ボルボに駆け戻った。

車を発進させ、カーラジオを点ける。選局ボタンを幾度か押すと、全経団連ビル爆破事件が報じられていた。

「亡くなられた全経団連会長の植村繁晴《うえむらしげはる》氏は、東日本ガスの会長を長く務められた財界の重鎮でした。植村会長のすぐ近くにいて爆死した副会長の常滑義太郎《とこなめぎたろう》氏は、帝都電力の社長でした。同じく副会長だった安西精一《あんざいせいいち》氏は、トミタ自動車の相談役でした。まだ詳しいことはわかっていませんが、全経団連ビルの十階の会議室に爆破物が仕掛けられていたと思われます。重軽傷者はそれぞれ都内の病院に運ばれ、手当てを受けています」

女性アナウンサーが少し間《ま》を取り、言い継《つ》いだ。

「次のニュースです。きょうの午前十時から午後一時までの間に全国十一カ所の広域暴力団の本部に軍事炸薬《さくやく》を搭載《とうさい》した無人小型飛行機《ドローン》が激突し、多くの死傷者が出ました。被害を受けたのは札幌の北仁会《ほくじんかい》、仙台の奥州連合会、東京の住川会、稲森会、極友会、名古屋の中京会、大阪の浪友会、神戸の川口組、徳島の徳誠会《とくせいかい》、福岡の九俠《きゅうきょう》会《かい》、沖縄の琉義会《りゅうぎかい》の十一カ所です。各広域暴力団の総長や会長の多くが亡くなりました。死傷者は二百五十人以上になりました」

また、アナウンサーが言葉を切った。

「ただいま、新しいニュースが入りました。元首相で民自党の元老のひとりである大利根公明氏、九十六歳の乗った車が東京・五日市街道を走行中に午後二時五分ごろ、爆破されました。大利根氏の車を運転していた第二秘書の木内克博《きうちかつひろ》氏、三十七歳、第一秘書の井関展夫《いせきのぶお》氏、四十九歳も亡くなりました。護衛のＳＰは大火傷を負いましたが、一命を取り留《と》めました。車に爆破装置が仕掛けられていた模様ですが、まだ詳しいことはわかっていません。次は銀行強盗のニュースです」

アナウンサーが地方銀行の神田支店で発生した事件を伝えはじめた。

土門はラジオの電源を切り、運転に専念した。全経団連ビルの爆破、元首相の大利根の爆殺、そして一連の広域暴力団本部への奇襲はリンクしているにちがいない。

稲田善好が東京拘置所から、極左セクト、極右団体、戦闘的な暴力団に指示を与えたのだろう。連絡役は、殺された千絵の叔父の浅見秘書なのかもしれない。あるいは、

『幸せの雫』の幹部の誰かが務めたのだろうか。

久我山《くがやま》を通過したとき、沙里奈から電話がかかってきた。

「さっき虎ノ門の悪徳弁護士から電話があったの。土門さん、ゴムマスクの男を射殺したと疑われてるんだって？」

「そうなんだ」

「わたし、いつでも証人になってあげる。ゴムマスクの男は、仲間と思われる奴にシュートされたんだから」

「おまえさんの気持ちは嬉《うれ》しいが、証人になったりしたら、面倒なことになるぜ。きっと警察は、おまえさんのことを徹底的に調べるにちがいない。そうなったら、何かと都合が悪くなるだろうが？」

「なんで？」

「おまえさんは、ただのゴシップライターじゃないはずだ」

「取材対象者から強引に車代を渡されることはあるわ」

「強引に？」

「ええ、そう。わたしは気が弱いから、そこまでされると断れないのよ。でもね、口《くち》止《ど》め料を出せなんて一度も言ったことないから、恐喝罪は成立しないわ」

「うまくやってるわけか」

「まあ、そうね。だから、わたしは警察なんかちっとも怖《こわ》くないわ。土門さん、刑事に尾《つ》けられてるの？」

「黒さんの事務所を出たとき、あたりをうかがってみたんだが、尾行されてる気配はなかったな」

「そう。もし殺人容疑をずっと持たれるようなら、わたしと一緒に野球場にいたことを取調官に言って。わたし、ちゃんと証人になるから」

「ありがとよ」

「マスコミ報道によると、ゴムマスクの男は元自衛官だったのね。えーと、なんて名前だったかな」

「米倉幸治だよ」

土門は答えた。

「ええ、そういう名だったわね。米倉って奴が関東仁友会の首藤、それから教団幹部の日沼や身替り犯の豊の三人を始末したんでしょ？」

「そう睨《にら》んでたんだが、その三人を葬《ほうむ》ったのは米倉を狙撃した奴なのかもしれない」

「そうなの」

「米倉は凄腕《すごうで》の殺し屋という感じじゃなかったからな」

「言われてみると、どこか素人《しろうと》っぽいとこがあったわね。土門さんに、わたしをレイプしろなんて言ったりして」

「沙里奈、これは黒さんからの情報なんだが、拘置中の稲田善好は極左セクト、極右団体、戦闘派の暴力団を集めて、フィリピンの山中でゲリラ訓練をさせてるらしいんだよ」

「えっ、いったい何のために⁉」

「稲田は太刀川と手を組んで、隠然たる力を持ってる超大物の政財界人や裏社会の親分たちを葬って、闇《やみ》の帝王になろうとしてるんじゃないのかな」

「あっ、もしかしたら、きょうの一連の爆破事件は……」

「稲田や太刀川が後ろで糸を引いてるのかもしれないぞ。おれはこれから吉祥寺の教団本部に行って、太刀川を燻り出すつもりなんだ」

「建物に火をつける気なのね？」

「ああ、暗くなったらな」

「そういうことなら、わたしも一緒に行くわよ」

「いや、おまえさんは来ないでくれ。二人だと、どうしても目につきやすいからな」

「そういうことなら、わたしは待機してるわ」

沙里奈が電話を切った。土門はスマートフォンを懐《ふところ》に戻し、先を急いだ。それから十数分で、教団本部に着いた。

教団本部の前には、信者らしき若い男女が険《けわ》しい表情で立っていた。十人はいそうだ。彼らは通りかかる人々の顔を覗《のぞ》き込んだり、通過する車のナンバーを控えていた。暗くなるまで下手に動かないほうがよさそうだ。

土門はボルボを脇道に停め、シートの背凭《せもた》れを大きく倒した。ヘッドレストに頭を預け、時間を遣《や》り過ごす。

黒須から連絡が入ったのは、昏《く》れなずんだころだった。

「まず国税局の査察官の話から報告しよう。今年の春先から一流企業約五十社から、『幸せの雫』に総額二百億円が寄附されてたそうだ。一社平均額は四億円ってことになるね。寄附をしたのは東証一部上場の商社、電力会社、自動車メーカー、家電メーカーなどなんだが、そうした前例はないんだ」

「でしょうね。黒さん、太刀川は側近のブレーンたちに企業恐喝をやらせたんじゃないのかな」

「おそらく、そうなんだろう。シンクタンクの研究員、政治学者、法律家といったブレーンは一流企業と何らかの繋がりがある。そうした連中がその気になれば、大企業の社外秘や不正も知ることができるだろう」

「ええ、そうですね。で、太刀川のブレーンたちは弱みのある約五十社に揺さぶりをかけて、四億円前後の寄附金を出させたんだろうな」

土門は言った。

「と思うよ。それから、出金のほうなんだが、教団から稲田の公設第一秘書の浅見司郎の銀行口座に約七十億円流れてる。その金で、稲田は今回の連続テロを起こしたんじゃないかね？」

「そう考えれば、話の辻褄《つじつま》は合うな」

「ああ。そうだ、『幸せの雫』から首藤の愛人の銀行口座に五千万円振り込まれてることもわかったよ。その女性にはさっき電話をして、口座を首藤に貸した事実の確認を取ったんだ」

「その金は、いまも愛人の口座に入ったままなんですか？」

「いや、振り込まれてから十日以内に首藤が二回に分けて全額引き出してる。愛人は、その五千万円の使い途《みち》までは知らないと言ってた。それから、首藤が教団のどんな弱みを握ってたのかも知らないと繰り返してたよ」

「そう。米倉幸治の交友関係から何かわかりました？」

「少しね。米倉の従兄《いとこ》が熱心な信者だったんだ。その従兄の紹介で、米倉は太刀川のボディーガードをやってたらしい。元自衛官は、それほど射撃術には長《た》けてなかったそうだ」

「とすると、首藤を射殺したのは別人と考えたほうがよさそうだな」

「わたしも別人だと思うよ。首藤、日沼、豊の三人は、米倉とは別の殺し屋《プロ》が始末したんだろう。残念ながら、そいつのことまで情報は集まらなかったんだ」

「それでも大助かりです。黒さん、おれ、大利根の車が爆破されるシーンを偶然、目撃したんだ」

「ほんとかい？」

黒須が驚きの声を洩《も》らした。土門は詳しい話をし、その後、カーラジオで聴いた一連の事件にも触れた。

「超大物の政財界人が爆殺され、十一カ所の広域暴力団の本部には軍事炸薬を積んだドローンが突っ込んだ。これで、われわれの推測はほぼ正しかったと思ってもいいだろう」

「そうですね」

「土門ちゃん、後は太刀川を痛めつけて白状《ゲロ》させるんだな。健闘を祈る」

黒須が通話を切り上げた。

土門は夜が更《ふ》けてから、ボルボを降りた。途中で買ったガソリン入りのポリタンクはトランクの中に入っている。

土門は表通りまで歩いた。教団本部前には、ひと目で暴力団関係者とわかる男が七、八人集まっていた。見張りだろう。今夜、放火するのは難しそうだ。作戦を変更する必要がある。

土門は体をターンさせた。

3

邸宅街は静まり返っている。

鎌倉の雪《ゆき》ノ下《した》だ。太刀川と別居中の妻が住んでいる家は、数軒先にあった。しっとりとした和風住宅だった。敷地は百五、六十坪だろうか。庭木が多い。

土門はボルボの中にいた。

大利根公明が爆殺された翌々日の午後四時過ぎだ。和風住宅の中に、太刀川美加とお手伝いの女性がいることは確かめてあった。

数十分前、土門は生垣《いけがき》の間から庭先を覗き込んだ。そのとき、美加は五十代半《なか》ばのお手伝いの女性と庭木の手入れをしていた。お手伝いの女性は温子《あつこ》という名だった。

少し経つと、美加の住まいから温子が現われた。ショッピングカートを引っ張っていた。夕食の食材を買いに行くのだろう。

土門はボルボから出て、路上にたたずんだ。

温子が近づいてきた。特徴のない容貌《ようぼう》だが、背は高かった。

「失礼ですが、太刀川さんのお宅のお手伝いの方ですね」

土門は問いかけ、警察手帳を短く呈示した。

「警察の方が何か？」

「これから太刀川さん宅の家宅捜索に着手することになってるんです」

「えっ」

「太刀川直哉がある事件に関与してるんですよ。それで、別居中の奥さんの住まいも捜索することになったわけです」

「あら、まあ」

「勝手なお願いなんですが、四、五時間、太刀川さん宅には戻らないでほしいんです」

「わかりました」

「ゆっくりと買物をして、映画でも観《み》られたらどうでしょう？」

「ええ、そうします」

「家には、美加さんしかいませんね」

「はい、奥さまおひとりです。あのう、美加さんのご主人は何をしたのでしょう？」

「そういう質問には答えられない規則になってるんですよ」

「そうでしょうね。おかしなことを訊いてしまって、ごめんなさい。それでは、わたしはどこかで五時間ほど時間を潰すことにします」

温子が軽く頭を下げ、緩《ゆる》やかな坂道を下っていった。引かれたショッピングカートは小さく蛇行《だこう》していた。

土門は美加の家に急ぎ、勝手に門扉《もんぴ》を潜《くぐ》った。内庭を回り込み、広縁《ひろえん》のサッシ戸を拳で数回叩いた。すぐに土門は外壁にへばりついた。

サッシ戸が開けられた。

土門は広縁に上がり込み、和服姿の美加にサイレンサー・ピストルを突きつけた。

「押し込み強盗⁉」

美加が震え声で言った。瓜実顔《うりざねがお》で、切れ長の目が涼やかだ。

「あんたの旦那《だんな》と話をしたいだけだ。吉祥寺に行っても、会ってくれそうもなかったんでね」

「わたしを人質に取って、太刀川をここに呼びつけるつもりなの？」

「そうだ」

「多分、夫はここには来ないでしょう。もう彼は、わたしには関心がないようですので」

「あんたは、北陸地方の名士の娘らしいね。だから、旦那は離婚する気はないと思うよ。別れる気があるんだったら、とっくに離婚してるだろう」

「わたしには愛情がなくなっても、まだ父には利用価値があるってこと？」

「そうなんだろうな。奥に行こう」

土門はサッシ戸を閉め、美加の背を押した。

階下の端に書院造りの十畳間があった。一隅に文机《ふづくえ》があるだけで、すっきりとした和室だった。

「おれが握ってるのは、ロシア製のサイレンサー・ピストルなんだ。騒いだら、容赦《ようしゃ》なく撃つぞ」

「どうしろとおっしゃるの？」

「着物を脱ぐんだ」

「えっ⁉　わたし、もう若くないのよ」

「あんたをレイプしたいわけじゃない。逃げられちゃ困るんで、素っ裸になれと言ったんだ」

「わたし、逃げたりしません」

「脱がなきゃ、きれいな着物が血で染まることになるぞ」

「わかりました」

美加は後ろ向きになると、帯止めをほどいた。屈《かが》んで白足袋《しろたび》と湯文字《ゆもじ》を先に脱ぎ、結城紬《ゆうきつむぎ》と長襦袢《ながじゅばん》をゆっくりと肩から滑らせた。

色白で、典型的な餅肌《もちはだ》だ。子供を産《う》んでいないからか、まだ乳房は張りを失っていない。

「畳の上に仰向《あおむ》けになってくれ。おれに体を見られたくないんだったら、着物で肌を覆ってもかまわない」

「そうさせてもらいます」

美加が身を横たえ、結城紬で首から踝《くるぶし》まで隠した。

土門はマカロフPBをベルトの下に戻し、懐から私物のスマートフォンを取り出した。先日、千絵に太刀川に電話をかけさせたときの発信履歴がそのまま残っている。

土門は美加のかたわらに胡坐《あぐら》をかき、太刀川に電話をかけた。ツーコールで、通話可能状態になった。

「いま、おれは鎌倉にいる。あんたの女房を人質に取った」

「そんな手に引っかかるもんかっ」

「奥さんは、おれのすぐ横にいる。一糸もまとってない」

「嘘つけ！　美加と替わってくれ」

「いいだろう」

土門はスマートフォンを美加の耳に当てた。

夫婦は短い遣《や》り取りを交わした。美加の声には、ほとんど感情が込められていなかった。土門はスマートフォンを自分の耳に戻した。

「あんたの出方次第によっては、奥さんを辱《はずか》しめることになる」

「妻には、美加には手を出さないでくれ。おたくの言う通りにするよ」

「午後七時までに、ここに来い！　言うまでもないことだが、妙な付録が一緒だったら、女房に危害を加えるぞ。もちろん、あんたも撃ち殺す」

「拳銃を持ってるのか⁉」

「ああ、サイレンサー・ピストルをな」

「午後七時までには必ず行く」

「手榴弾《パイナップル》は、ノーサンキューだぜ」

「きょうは丸腰で行く。千絵よりも、妻のほうが大事だからな」

太刀川が通話を切り上げた。

土門はスマートフォンを懐に戻した。そのとき、美加が話しかけてきた。

「太刀川に何か恨《うら》みがあるようね」

「あんたの夫は、おれを罠《わな》に嵌《は》めたんだ。それに、知り合いの首藤という男を誰かに始末させた疑いが濃い。だから、きっちりと決着をつけたいわけさ」

「そうなの」

「首藤正邦のことは？」

「知りません。その方は、どういう方なんです？」

「関東仁友会の理事のひとりで、自分の組も張ってた」

「あなたも、やくざなの？」

「おれは一応、堅気さ。もっとも凶暴さでは、ヤー公以上だがね。それはそうと、太刀川は信者たちに〝ヤーバー〟という錠剤型覚醒剤《かくせいざい》を与えて、教団に縛《しば》りつけてるな？」

「えっ、そんなことをしてるんですか⁉　わたしは夫のやってることにはまったく興味がないし、信者たちともろくに話したことないんですよ」

「夫婦仲がだいぶ冷えてるみたいだな」

「ええ、十年ぐらい前からね」

「原因は亭主の浮気か？」

「いいえ、違います。義母《はは》の言いなりに生きてる太刀川に愛想が尽きてしまったの。『幸せの雫』の教祖である姑《しゅうとめ》は誇大妄想気味で、自分を女帝か何かだと思ってるんですよ。自分の連れ合いを平気で無能扱いして、ついに憤死させてしまったの」

「太刀川の父親は自ら命を絶《た》ってたのか⁉」

土門は、いささか驚いた。

「ええ、そうなんです。太刀川が高三のとき、義父は夫婦喧嘩をして急性心不全で
……」

「そうだったのか」

「義母はそれ以来、ひとり息子の太刀川を自分の思い通りに育ててきたんです。外務省に入れて、ゆくゆくは政界に進出させるつもりだったんですよ」

「しかし、息子はODAのピンハネ問題で詰め腹を切らされた。で、太刀川は教団の二代目になって、信者を増やすことに情熱を傾けるようになったわけだ」

「よくご存じなのね。その通りです。太刀川にしてみれば、母親の夢を叶《かな》えてやれなかったんで、罪滅《つみほろ》ぼしのつもりで信者数を増やしたんでしょう」

「それだけじゃないはずだ。あんたの旦那は、歪《ゆが》んだ野望に取り憑《つ》かれてるんだろうな」

「太刀川は何を考えてるの？」

「おそらく民自党の稲田と結託《けったく》して、闇社会の帝王になることを夢見てるんだろう」

「何か根拠でもあるんですか？」

美加が問いかけてきた。土門は、一連の連続爆破事件の首謀者が太刀川である疑いが濃いことを話した。

「稲田先生が共犯者だとは思えません。あの方は八方美人だから、いろいろ柵《しがらみ》が多いんですよ。欲深ではありますけど、浪花節《なにわぶし》タイプなの。だから、そんな大それた野望は持たないでしょ？」

「しかし、『幸せの雫』から稲田の浅見という公設第一秘書の銀行口座に約七十億円が振り込まれてるんだ。稲田は、その金で極左セクト、極右団体、戦闘的な暴力団を抱き込んで、超大物政財界人や暴力団の親分たちを始末させたようなんだよ」

「そうなのかしら？　野心家ということでは、稲田先生よりも浅見秘書のほうがずっと……」

「何か浅見の裏の顔を知ってそうだな。話してくれ」

「ええ、いいわ。第一秘書の浅見は稲田先生の政治家生命はそう長くないと判断したのか、義母に取り入るようになったの。姑は相手の肚《はら》を読んで、彼を遠ざけるようになりました。それで浅見は、このわたしに言い寄ってきたんです。もちろん、相手にしませんでしたけどね」

「浅見はあんたをうまく口説《くど》けたら、教団の幹部になろうと企《たくら》んでたんだろうな」

「それは間違いないわ」

美加が確信に満ちた口調で言った。

「ひょっとしたら、太刀川の共犯者は浅見なのかもしれないな。いや、待てよ。浅見は自分の姪《めい》を見殺しにしてる。太刀川は手榴弾で浅見千絵とおれを一緒に吹っ飛ばそうとした。おれは難を逃《のが》れたんだが、千絵は死んじまった。浅見が太刀川の共犯者なら、自分の姪を見殺しにはできないだろう」

「千絵という娘も哀《あわ》れですね、パトロンの太刀川に殺されたというんですから」

「千絵が旦那の愛人だと知ってたのか⁉」

「ええ、知ってました」

「それなのに、なぜ離婚しなかったんだ？」

土門は訊いた。

「金沢にいる年老いた両親を悲しませたくなかったんですよ。太刀川とは別れたいと思ってました。でも、夫の浮気で離婚したら、女のプライドが傷つくでしょ？」

「だったら、別の理由をこさえるんだな」

「どういう意味なの？」

「自分で別れるきっかけを作れってことさ」

「きっかけ？」

美加が怪訝《けげん》そうに小首を傾《かし》げた。

「旦那以外の男と寝ちまえば、別れる踏んぎりがつくだろう。おれでよけりゃ、浮気相手を務めてやるよ。どうだい？」

「からかわないで。わたしは、あなたよりも三つか四つ年上なのよ」

「冗談さ」

土門は口を結んだ。

二人の間に沈黙が横たわった。時間の流れが遅い。

七時数分前だった。階下のサッシ戸のガラスが割れる音がした。次の瞬間、爆発音が耳を撲《う》った。

家全体が揺れ、爆風で寝室の畳が浮き上がった。

炸薬を積んだドローンが家に突っ込んだのだろう。

土門は美加に長襦袢を羽織らせた。衣服を胸に抱えて、美加と寝室を飛び出す。

二人は階段のある場所に走った。

階段の下まで炎が伸びていた。美加が怯《おび》えて、しゃがみ込んでしまった。

「こんな所でじっとしてたら、焼け死ぬだけだ。とにかく、脱出しよう」

土門は美加を強引に背負うと、階段を駆け降りはじめた。燃えている床を踏みながら、一気に庭まで走り出た。

美加を地面に下ろしたとき、和風住宅が派手に炎上した。

「誰がこんなことを⁉」

「あんたの旦那が誰かに炸薬を搭載したドローンを突っ込ませたようだな」

「それじゃ、夫はあなたと一緒にわたしを殺す気だったのね？」

「ああ、おそらくな」

「わたし、絶対に太刀川と別れるわ」

「そうしなよ」

土門は衣服をまといはじめた。

4

沙里奈がコートを脱いだ。

ほとんど同時に、浅見司郎が沙里奈を抱き竦《すく》めた。稲田代議士の公設第一秘書は沙里奈の唇を吸おうとした。

「シャワーを浴びて、ちゃんと歯磨きもして。それから、愛し合いましょうよ」

沙里奈が浅見の唇に人差し指を当て、甘やかな声で言った。

浅見が素直に沙里奈から離れ、足早にバスルームに向かった。午後九時過ぎだ。

千絵の叔父は、まんまと引っかかった。

土門はクローゼットから出た。JR立川《たちかわ》駅の近くにあるシティホテルの一室だ。ツインベッドルームである。

土門は、沙里奈に色仕掛けで浅見をここに誘い込んでもらったのだ。鎌倉に出かけたのは五日前である。その次の日から昨夕まで、土門は太刀川の母親を誘拐《ゆうかい》し、息子を誘《おび》き寄せるつもりでいた。

しかし、『幸せの雫』の教祖はまったく外出しなかった。そんなことで、稲田の第一秘書の浅見を締め上げることにしたわけだ。

「おまえさんの演技は女優並だったよ。ご苦労さん！」

土門は沙里奈を犒《ねぎら》った。

「多くの男は好色だから、浅見を騙《だま》すぐらいは造作もなかったわ」

「あの野郎、シャワーを浴びながら、早くもおっ立ててるにちがいねえ」

「そういう下ネタは苦手なの。わたし、そろそろ消えるわ。後は、土門さんがうまくやって」

沙里奈がそう言い、抜き足で部屋を出ていった。

土門は一服してから、バスルームに入った。浅見はバスタオルで体を拭《ぬぐ》っていた。やはり、分身は半立ちの状態だった。

「だ、誰なんだ⁉」

浅見がうろたえ、バスタオルで股間を隠した。

土門は蕩《とろ》けるような笑みを浮かべ、無言で浅見の顔面に右のストレートパンチを放った。骨と肉が鳴った。浅見がのけ反《ぞ》り、バスタブの縁《ふち》で体を支えた。土門は浅見の下半身を掬《すく》い、バスタブの中に投げ落とした。

バスタブの底には、湯が十センチほど残っていた。土門は給湯のコックを捻《ひね》った。蛇口《じゃぐち》から勢いよく湯が落ちはじめた。

「何をするんだっ」

浅見が気色《けしき》ばみ、身を起こそうとした。

土門は少し退《さ》がって、浅見の顎《あご》を蹴った。浅見が呻き、バスタブの中に横たわる恰好になった。土門はフックからシャワーヘッドを外し、コックを全開にした。温度を最大まで高め、湯の矢を浅見の顔に浴びせた。

「熱い！　シャワーを止めてくれーっ」

浅見が叫び、顔を左右に振った。バスタブの中の湯はだいぶ溜《た》まっていた。

土門は身を屈《かが》め、浅見の胸板を押さえた。

浅見が鼻から気泡《きほう》を吐きながら、全身でもがいた。土門は窒息《ちっそく》寸前まで浅見を湯船に沈め、短く酸素を吸わせてやった。

同じことを十度ほど繰り返すと、浅見はぐったりとなった。

土門は浅見をバスルームから引きずり出し、こめかみを四、五回蹴った。蹴るたびに、浅見は転げ回った。

「おれの質問に正直に答えないと、蹴り殺すぞ」

土門は凄《すご》んで、上着の右ポケットにさりげなく手を突っ込んだ。ＩＣレコーダーの録音スイッチを入れる。

「わたしが何をしたって言うんだっ」

「そっちは太刀川とつるんで、いろいろ悪さをしたはずだ」

「なんの話だか、さっぱりわからないな」

浅見がうそぶいた。

土門は口の端を歪め、浅見の腹を蹴りまくった。浅見がのたうち回りながら、血反《ちへ》吐《ど》を撒《ま》き散らした。内臓が破裂したのだろう。

「太刀川は若い信者たちに〝ヤーバー〟を与えて、教団から離れられないようにしてたなっ」

「…………」

「死ぬ覚悟ができたらしいな」

「お、おたくの言った通りだよ」

「やっぱり、そうだったか。関東仁友会の首藤はそのことを知って、太刀川に脅《おど》しをかけたんだなっ」

「首藤に知られたのは、〝ヤーバー〟のことだけじゃなかったんだ。あの男は、太刀川さんの側近たちが大手企業の不正や弱みを脅迫材料にして、『幸せの雫』に多額の寄附をするよう威《おど》してたことまで嗅《か》ぎ当ててたんだよ」

「で、首藤の愛人の銀行口座に五千万の口止め料を振り込んだ。だが、首藤はその程度の金では満足しなかった。そこで、太刀川とあんたは頭を抱えて、殺し屋《プロ》に首藤を射殺させた。どこか間違ってるか?」

「首藤を消すと決めたのは太刀川さんだよ。それから、元ヒットマンの殺し屋の上《かみ》條《じょう》を雇ったのもな」

「その上條って野郎は、どこにいる?」

「もう日本にはいないよ。一週間ほど前にタイに高飛びしたんでね。上條を太刀川さんに紹介したのは、〝ヤーバー〟を教団に流してた横浜の港友会《こうゆうかい》だよ」

「太刀川は、教団幹部の日沼も上條って奴に始末させたんだな」

「ああ、そうだよ。おたくがいろいろ探り回ってたんで、口を封じる気になったんだろうな」

「日沼の車のトランクには『ハピネス』の未公開株が入ってた。その五万株は、首藤に押しつけられたのか?」

「その未公開株は、太刀川さんのブレーンが『ハピネス』の真のオーナーの山西から脅し取ったんだよ」

浅見が言って、むせた。むせた拍子に、口から血の粒が飛び散った。

「堅気のブレーンが中京会の理事から脅し取ったわけか。やるじゃねえか。それはそうと、あんたたちは約五十社の一流企業から集めた二百億円のうちのおよそ七十億を遣《つか》って、極左セクト、極右団体、戦闘派の暴力団を抱き込んだなっ。そして、あんたは稲田善好がそいつらにフィリピン山中でゲリラ訓練を受けさせてるという噂を故意に裏社会に流したんだろ？」

「わたしは都議選に出馬できることを信じて、それこそ身を粉《こ》にして稲田善好に尽くしてきた。しかし、先生はＯＤＡのピンハネや不正献金で東京地検特捜部にマークされてたから……」

「いずれ稲田は失脚すると考え、あんたは太刀川の野望に手を貸す気になったわけか？」

「夢が破れたんで、別の形でビッグになりたかったんだよ。太刀川さんも政界進出を断念せざるを得なくなったんで、われわれは何かと話が合ったんだ」

「あんたたちは『幸せの雫』を巨大化させ、裏で政治、経済、闇社会を支配したいと考え、目障りな超大物政財界人や親分衆をイデオロギーを超えた暗殺集団に葬らせた。そうなんだな？」

「もう何も話したくない」

「殺されてえのかっ」

土門は、思い切り浅見の腹を蹴った。浅見は怯《おび》えたアルマジロのように手脚《てあし》を縮め、長く唸った。アルマジロは天敵を見ると、体を竦《すく》ませる習性がある。

「念仏を唱《とな》えろ！」

「おたくの言った通りだよ。太刀川さんは冷血漢だ。片腕だった日沼を上條に殺《や》らせ、身替り犯の豊《ゆたか》にも毒を盛らせて、わたしの姪の千絵まで手榴弾で吹っ飛ばしてしまった。それだけじゃない。汚れ役をいろいろやってくれた米倉幸治まで上條に狙撃させた、砧公園でな。太刀川さんは千絵のことで文句を言ったら、わたしにまで殺意の漲《みなぎ》った目を向けてきたんだ。だから、わたしは恐ろしくなって、渋々、彼に協力してきたんだよ。共犯者なんだが、ある意味でわたしは被害者だ。太刀川さんが怕《こわ》くて、ずっと引きずられてきたんだからね」

「いい子ぶるんじゃねえ」

土門は怒りを込めて言い、また浅見のこめかみを強く蹴った。浅見が脳震盪《のうしんとう》を起こし、白目を見せた。

土門はＩＣレコーダーを停止させ、予《あらかじ》め用意しておいた布製の粘着テープで浅見の口許を封じた。両手足の自由を奪い、クローゼットの奥まで足で転がした。

それから土門は太刀川に電話をかけ、浅見の告白音声を聴かせた。

「感想はどうだい？」

「ＩＣレコーダーの音声データを五千万円で譲ってくれないか」

太刀川が焦《あせ》った声で切りだした。土門は何も言わなかった。

「わかったよ。一億出そう」

「たったの一億円か」

「駆け引きはやめろ。いくら欲しいんだ？」

「おれは音声データを売るなんて、ひと言も言ってないぜ。救いようのない冷血漢なんかと裏取りしたら、男が廃《すた》るからな」

「三億、三億円の預金小切手を持って、あんたに会いに行く。そこは、どこなんだ？」

「立川のホテルだよ」

「ホテル名と部屋番号を教えてくれ」

太刀川が縋《すが》るように言った。土門は質問に短く答えた。

「午後十時までには、必ず部屋に行くよ」

「会うだけは会ってやる」

「よろしく頼むよ」

太刀川が先に電話を切った。土門はソファに腰かけ、煙草を吹かしはじめた。

部屋のドアがノックされたのは十時数分前だった。土門は警戒しながら、ドアを開けた。

「約束の預金小切手は、ちゃんと持ってきたよ」

太刀川が撫然《ぶぜん》とした顔で言い、室内に足を踏み入れた。

土門は太刀川とソファに腰かけた。向かい合う形だった。

太刀川が上着の内ポケットから預金小切手を取り出し、テーブルの上に置いた。土門は額面を確かめた。間違いなく三億円だった。

「音声データを出してくれ」

「売るとは約束してないぞ」

「まだ駆け引きする気なのかっ」

太刀川が額に青筋を立てた。土門はにやりと笑い、預金小切手を抓《つま》み上げた。

ちょうどそのとき、いきなりドアが開けられた。部屋に飛び込んできたのは、なんと監察官の城島だった。

「土門警部補、恐喝の現場を押さえたぞ」

「いったい、どうしてあんたが⁉」

「城島君、目障りな刑事を早く始末してくれ」

太刀川が腹立たしげに命じた。

城島が無言でうなずき、腰の後ろからマカロフPBを引き抜いた。監察官が携行を許されているのはシグ・ザウエルP230JPか、S&WのM360Jだ。

「そっちは太刀川の回し者だったんだなっ」

土門は城島を睨《ね》めつけた。

「わたしは『幸せの雫』の隠れ信者なんだよ。というよりも、太刀川教団主の参謀と言ったほうが正確だろうな」

「エリートのそっちが、なんだって太刀川の手下になんかなったんだ?」

「警察庁でそこそこ出世をしたところで、所詮は小物だ。男として生まれてきたからには、もっとビッグにならなきゃね。だから、教団主と一緒に裏で世の中を動かしたいと思ったわけさ」

「城島君、もう種明かしはいいだろう。それより、早いとこ片づけてくれ」

太刀川が勝ち誇ったように言って、三億円の小切手を自分の懐に戻した。

城島が土門の側頭部にサイレンサー・ピストルの先端を当て、空いている手で上着のポケットからICレコーダーを掴み出した。

土門は、城島の脇腹にエルボーを見舞った。肘打《ひじう》ちは極《き》まった。すかさず土門は、マカロフPBを奪い取った。

ICレコーダーが床に落ちた。城島が後ずさる。顔面蒼白《そうはく》だった。ICレコーダーを拾い上げる。城島が肩を落とした。

「ハンドガンを持ってるんだろ?」

「所持してない」

「嘘つけ。早く出せ!」

土門は急《せ》かした。城島が短く迷ってから、ベルトの下から自動拳銃を引き抜いた。

「こいつは正当防衛だぜ」

土門はマカロフPBの引き金を絞った。右手首に反動《キック》が伝わってきた。

放った九ミリ弾は、城島の額に命中した。城島は棒のように倒れた。声ひとつ洩らさなかった。倒れたきり、石のように動かない。もう生きてはいないだろう。

「撃たないでくれ、お願いだ」

太刀川が哀願し、いったん上着の内ポケットに収めた預金小切手を取り出し、卓上に置いた。

「冷血漢に生きる価値なんかない。あばよ！」

土門は三億円の預金小切手を抓み上げるなり、太刀川の眉間《みけん》を撃ち抜いた。太刀川はソファに坐ったまま、後ろに引っくり返った。両眼を大きく見開いたまま、息絶えていた。

土門は小切手を上着の内ポケットに突っ込み、ソファから立ち上がった。ハンカチでサイレンサー・ピストルに付着した自分の指掌紋を入念に拭《ぬぐ》い、太刀川のそばに屈《かが》み込む。

土門は太刀川にマカロフPBを握らせ、引き金にハンカチを巻きつけた自分の指を添えて残弾を発射させた。これで、警察は太刀川が城島を射殺した後、ピストル自殺を遂《と》げたと考えるだろう。

偽装工作が看破《かんぱ》されたとしても、自分はまだ安全圏にいる。ホテルの宿泊者カードには触れていないし、偽名を使った。

浅見は警察で余計なことは言わないだろう。引き揚げることにした。

土門はドアに足を向けた。数メートル進んだとき、不意に沙里奈が部屋に入ってきた。

「片がついたようね」

「とっくにホテルを後《あと》にしてたと思ってたが……」

「ちょっと忘れ物をしたのよ」

「忘れ物って？」

土門は訊いた。

沙里奈が意味ありげに笑って、ライティング・ビューローに歩み寄った。彼女は、備え付けの便箋《びんせん》セットの奥からCCDカメラを掴み出した。

「浅見がバスルームに入った直後に、CCDカメラを仕掛けたんだな？」

「ええ、そうよ。土門さんが二人の客を始末したときの映像が鮮明に映ってると思うわ」

「おまえさんの要求は？」

土門は問いかけた。

「とりあえず、こないだ借りた二百万はチャラにしてもらえる？」

「いいだろう。それで済むわけないよな」

「太刀川から、いくら毟《むし》り取ったの？」

「そのあたりの話は、ここのラウンジバーでゆっくりと話してやるよ。どうだい？」

「いいわ」

二人はドア・ノブをハンカチで拭《ふ》き、エレベーターホールに向かった。十二階だった。

前方から歩いてくる男を見て、土門は思わず声をあげそうになった。にこやかに近寄ってくるのは、なんと悪徳弁護士の黒須だった。

「うちの調査員がさ、土門ちゃんをずっと尾行してて、一二〇六号室にチェックインしたことを教えてくれたんだよ。土門ちゃん、弁護の依頼はいつでも受けるからな。ちょっと部屋を見せてもらおうか」

「黒さんもスキャンダル・ハンターも、ハイエナだな」

「何か後ろ暗いことをしたようだね」

「知ってるくせに。太刀川から三本ぶったくったから、二人に一本ずつくれてやるよ」

「一本というと、十億かな」

「黒さんも強欲だな。一億ですよ」

「最高！　わたし、麻衣に立派なアトリエをプレゼントしちゃおう。土門さん、ありがとう！」

　沙里奈が嬉しそうに言って、土門の頬に軽くキスした。黒須がにっこりと笑った。

「そのうち、二人に手錠《ワッパ》打ってやる」

　土門は笑顔で言って、黒須と沙里奈の肩に腕を回した。

本書は二〇一四年五月に廣済堂出版より刊行された『冷血漢　無敵刑事《デカ》』を改題し、大幅に加筆・修正しました。

本作品はフィクションであり、実在の個人・団体などとは一切関係がありません。

文芸社文庫

冷酷　不敵刑事《デカ》

二〇一九年二月十五日　初版第一刷発行

著　者　南英男
発行者　瓜谷綱延
発行所　株式会社　文芸社
〒一六〇-〇〇二二
東京都新宿区新宿一-一〇-一
電話　〇三-五三六九-三〇六〇（代表）
〇三-五三六九-二二九九（販売）
印刷所　図書印刷株式会社
装幀者　三村淳

ISBN978-4-286-20664-6